KB096595

〈동남아 여행기 2: 태국〉

이러다 성불하겠다.

송근원

〈동남아 여행기 2: 태국〉

이러다 성불하겠다.

발 행 | 2023년 2월 2일

저 자 | 송근원

펴낸이 | 한건희

펴낸곳 | 주식회사 부크크

출판사등록 | 2014.07.15.(제2014-16호)

주 소 | 서울특별시 금천구 가산디지털 1로 119 SK트윈타워 A동 305호

전 화 | 1670-8316

이메일 | info@bookk.co.kr

ISBN | 979-11-410-1384-4

www.bookk.co.kr

이 책은 작년 11월부터 2개월간 동남아 여행을 한 기록 중의 두 번째 편이다.

〈동남아 여행기 1부: 벗으라면 벗겠어요.〉는 부산을 출발하여 인천에서 비행기를 타고 싱가포르를 거쳐 미얀마 만달레이, 바간, 인레, 양곤, 바고, 짜익티요까지의 여행기이고, 이 책 〈동남아 여행기 2부: 이러다 성불하겠다.〉는 양곤에서 태국의 방콕으로 날아가 아유타와 방콕, 그리고 국경도시인 농카이를 관광하고, 메콩을 넘어 라오스에 들어가기 전까지의 여행기이며, 아직 원고 정리가 안 된 〈동남아 여행기 3부〉는 비엔티안, 방비엥, 루앙프라방을 여행하고 싱가포르를 거쳐 인천으로 돌아올 때까지 보고 듣고 느낀 것을 담아 놓은 여행기이다.

〈동남아 여행기 1부: 벗으라면 벗겠어요.〉에서는 미얀마에서의 여행 체험을 담아 놓은 것이다. 곧, 만달레이의 사가잉 언덕의 사원들, 만달레이 힐의 해넘이 풍경, 사진에서 미리 보고 가슴 설레던 바간의 사원들과 해돋이를 배경으로 떠오르는 풍선(風船)들, 뽀빠산의 낫(Nat)에 관한 전설과 산꼭대기의 절, 까꾸의 2,478기의 불탑들, 인레 호숫가에서 살아가는 사람들의 풍경, 양곤의 쉐다곤 파고다의 화려함과 로카찬타의 옥불, 바고의 구렁이 사원 등 특이한 절들과 마하 자이데 파야에서 본 해넘이, 그리고 짜익티요의 흔들바위가 아직도 눈앞에 선하다.

이 책에서는 아유타, 방콕, 그리고 농카이를 여행하며 보고 듣고 느낀 것을 적어 놓은 것이다. 특히 아유타의 고대왕국 유적지와 절들, 불탑들이 인상에 남고, 짜오프라야 강에서 수상보트를 타고 본 왓 아룬 등 여러 절의 모습, 그리고 태국의 학문적 고향이 된 왕궁 옆의 사원 왓 포, 왕궁과 에메랄드 사원으로 알려진 왓 프라께우, 그리고 작년에 돌아가신 태국 왕을 화장하고 기리기 위한 전시관, 전각 등이 있는 왕가의 화장장이 특히 기억에 남는다.

또한 방콕에서 라오스 비엔티안으로 가기 위해 국경도시 농카이로 가는 야간열차 또한 잊지 못할 추억이고, 농카이에서 들린 살라 께오 쿠 (Sala Kaew Ku)의 불상들이 역시 아직도 생생하다.

한편 〈동남아 여행기 3부〉에서는 라오스을 여행하고 귀국할 때까지의 여정을 기록할 것이다.

그 내용으로서는 아직도 입에 군침을 돌게 하는 비엔티안에서 먹은 도가니 국수와 루앙프라방에서의 족발 이야기, 방비엥의 파댕리조트 호텔에서 본 수려한 산들과 해돋이 해넘이 광경, 불루라군에서의 물놀이, 루앙프라방 교외에 있는 꽝시 폭포와 탓새 폭포 등이다. 이 가운데에서도 특히 루앙프라방 푸시 산의 해돋이는 그 감동이 아직도 잔잔하다.

이 이외에도 싱가포르로 날아가 말레이시아의 조호바루로 건너가 중고등학교 때의 절친한 친구인 화운 부부를 만났던 일 등이 마치 엊그제 같다.

쓴 이는 예전에도 몇 번 태국을 여행한 적이 있다. 1990년 방콕을 한 번 방문하였고, 2011년 푸켓을 다녀왔고, 2016년 치앙마이와 치앙라이를 여행한 적이 있다.

이때의 경험들, 곧, 푸켓, 치앙마이, 치앙라이에서의 여행 경험은 〈태국 기행: 기억은 오로지〉에서 만날 수 있다.

이번 여행은 예전에 갔던 곳과는 다른 곳들, 주로 방콕과 아유타, 그리고 농카이를 자유 여행한 것이다.

언제 가 보아도 태국은 관광천국이다. 물가도 싸고, 안전하고, 볼거리도 많고. 그리고 갈 때마다 새롭다.

읽는 분들께선 이 책들을 통해 태국 여행에 관한 정보를 얻고 그것이 태국 여행에 조금이나마 도움이 되었으면 좋겠다.

태국에 갈 시간이나 기회가 없는 분들은 이 책들을 통해 간접적으로나마 태국 여행을 즐겨 주시면 고맙겠다,

읽는 분들께서 이 책에서 무엇인가 얻을 수 있기를 희망한다.

2018년 3월 쓰고, 2023년 2월 출판하다.

송원

방콕

<u>아유타</u>

왓 프라시산펫의 쩨디

방콕

왓 포 지킴이 약 왓 포

왓 포: 프라 라비앙

왓 프라 깨우의 프랑들

왕실 화장터: 프라 메루 맛

농카이

농카이: 살라 께우 쿠

1. 싼 비행기 조심!

2017년 11월 29일(수)

11월 29일 미얀마를 떠나 방콕으로 가는 날이다.

아침 10시 공항으로 가 에어 아시아에서 수속을 밟는다.

짐을 부치려 하는 데, 짐 부치는 값이 15kg당 40달러를 더 내야 한다고 한다. 초롱이네 짐은 각각 20kg, 17kg이고, 우리 짐은 15kg이니, 모두 160 달러를 더 내야 한다고 한다.

공항 직원 이야기로는 우리가 산 티켓이 7kg까지는 들고 들어갈 수 있으며, 수하물은 돈을 내야 한다는 것이다.

양곤에서 방콕까지 4만여 원이라 싸다고 했으나 이런 함정이 있을 줄이야!

싼 게 비지떡이다.

기내식을 제공하지 않는다는 것은 알았으나, 수하물을 부칠 때 돈을 내야 한다는 건 미처 읽어보지 못한 것이 불찰이라면 불찰이었다.

20kg 짐에서 책을 다섯 권 빼내니 18kg이다. 공항 직원에게 40달러를 주면서 사정을 하니 1kg만 더 빼라고 한다.

결국 이 선생은 40달러의 돈을 더 내야만 했다.

다른 두 가방은 각각 7kg으로 만들어 각각 들고 기내로 들어가면 된다 한다. 가방 하나를 둘로 나누는 소동이 벌어졌다.

그냥 두 사람 들고 갈 수 있는 7kg을 같은 가방에 넣어 14kg이 된다고 설명하면 될 듯하나, 초롱 씨는 한사코 둘로 나누어야 한다고 주장한다. 참 고지식하다.

태국 방콕

태국 상공

결국 옷을 빼어 다른 백에 넣어 7kg으로 나누는 소동이 벌어진 후 게이트로 들어간다.

게이트에선 그냥 무사통과다

이럴 줄 알았으면 7kg으로 나누지 않아도 되는 건데……

이 글을 읽는 분들께서는 만약 싼 비행기를 예약하는 경우 꼼꼼히 계약 조건을 읽어보시기 바란다.

그러지 않으면 공항에서 우리처럼 생쑈를 해야 할 수도 있다.

조심, 조심, 싼 비행기 조심!

비행기는 이륙하여 1시간 20분 만에 방콕 공항에 도착한다.

방콕 시간은 미얀마보다 30분이 늦다. 시간을 맞추어 놓고 밖으로 나온다.

1. 싼 비행기 조심!

택시를 타고 실레몬 가든 호텔로 와 짐을 푼다.

점심도 제대로 못 먹어 배가 고프니 일단 먹어야 한다.

넷이서 식당을 찾아간다.

전철 한 정거장이면 쇼핑몰이 있고, 그곳에 한국 음식 뷔페 등 음식점이 즐비하니 마음껏 골라 먹으면 된다 하여 쇼핑몰로 방향을 잡는다.

지하철을 타려고 버스를 기다리는 청년에게 물어보니 길을 건너 한참 가야 하는 듯하다. 버스를 물어보니 8번 버스가 그리고 간다고 한다.

버스를 탄다. 일인당 13바트 넷이니 52바트이다.

1바트(THB)는 지금 환율로 34원이다. 대략 35원 정도로 계산하면 되는데, 이것 역시 계산이 빨리 빨리 안 된다. 그냥 1/3로 나누어 100을 곱하면 대충 비슷하다.

태국 상공: 돈므앙 국제공항 착륙 전

태국 방콕

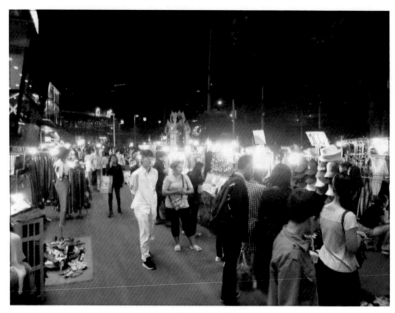

태국 쇼핑몰 앞

13바트면 450원 정도, 52바트면 1,800원 정도이다.

그리고 차장에게 쇼핑몰에서 내려 달라고 한다.

쇼핑몰인 유니온 몰(Union mall)로 들어가니 일단 시원해서 좋다.

이 선생 부부와는 헤어졌다 7시 30분에 다시 만나기로 했다. 식성이 다르니, 각자 먹고 싶은 것 먹고.

자유여행의 좋은 점 중의 하나가 바로 이거다. 각자 하고 싶은 것, 보고 싶은 것을 할 수 있다는 점이다. 예컨대, 쉬고 싶으면 쉬고, 보고 싶으면 보고, 하고 싶으면 하고, 먹고 싶은 걸 먹고!

이 이외에도 좋은 점은 여행 경비를 절약할 수 있고, 여행 정보를 공유할 수 있고, 무엇보다도 서로 의지할 수 있다.

1. 싼 비행기 조심!

예컨대, 자동차를 렌트하면 여비를 줄일 수 있다. 또한 호텔 정보나 관광 정보를 공유할 수 있다.

그러기 위해서는 여행 스케줄을 어찌 짜는가에 달려 있다. 큰 틀의 조금 느슨한 여행 계획 속에서 서로 각자 즐길 수 있는 걸 즐길 수 있도록 자유를 줄 수 있어야 한다.

문제는 늘 자기 자신의 생각에 상대방이 맞추어 주기를 바라기 때문에 생기는 것이다.

기준을 나에 두지 말고 상대방의 기준에 맞춘다고 생각하면 만사가 편하다.

배려란 다른 게 아니라 상대방의 기준에 맞추는 것이다. 그렇다고 나의 의견이나 생각을 억압하거나 감추라는 것은 아니다. 자신의 주장을 이야기하고, 서로 서로를 배려하며 결정을 짓는다면 아주 만족한 여행을 할 수 있는 것이다.

이런 점에서 이번 여행은 성공이다.

함께 식사를 하지 못하는 것이 약간 섭섭하기는 하지만, 그건 그 당시의 내 마음일 뿐이다.

때로는 같이 먹고, 때로는 떨어져서 각자 알아서 먹고, 탄력성 있게 지내면 된다.

우리는 '서울그릴'이라는 뷔페 식당으로 들어간다.

고추냉이에 연어 초밥을 몇 점찍어 먹고, 샤브샤브 불판 위에 육수를 붓고 고기, 채소, 생선, 조개 등을 넣어서 데쳐 먹는다.

실컷 먹었다. 배 터지게 먹었다.

일인당 379바트이니, 약 일인당 13,000원 꼴이다.

태국 방콕

2. 돈통을 들고 있는 난장이 스님

2017년 12월 1일(금)

아유타(Ayutthaya)를 향해 8시 7분 호텔을 출발한다.

아유타는 아유타 왕국의 수도였기에 왕궁은 물론 수많은 절과 불상 등이 많아 시 전체가 1991년 유네스코 문화유산으로 지정된 곳이다. 한 마디로 불교 유적의 천국이다.

태국의 역사를 잠깐 개관하면, 1238년 타이족에 세워진 최초의 왕국이 수코타이 왕국인데, 이 불교 국가는 1351년 더 큰 타이 국가인 아유타 왕국에 의해 병합되었다.

아유타 왕국은 1351년부터 버마의 침공에 의해 멸망한 1767년까지 417년 동안 번성했던 불교 국가이다.

우리나라 〈삼국유사〉에는 가락국의 김수로왕에게 시집온 허황옥이 아유타국의 공주라 나와 있지만, 태국의 아유타 왕국은 14세기부터 성립되었기에 이곳 아유타에서 시집 온 것은 아닐 것이다

사람들이 이주할 때 보통 고향의 지명을 가지고 이주하기 때문에 이 아유타 왕국은 아마도 인도의 아요디아(Ayodhya: 한자로 阿踰陀)에 살던 사람들이 이주하여 세운 나라로 볼 수 있을 것이다. 허황옥 왕비는 물론 아요디아의 공주였을 것으로 추정된다.

아요디아는 인도 우타르프라데시 주의 갠지스 강의 지류인 고그라강 연변에 있는 지명이자 인도의 고대 국가이다.

비록 〈삼국유사〉에 나오는 아유타는 아닐지라도 태국의 아유타는 꼭 와보고 싶었던 곳이다.

2. 돈통을 든 난장이 스님

호텔에서 자리 잡고 앉아 관광 안내를 해주는 여행사의 차를 타고 아유타로 향한다.

미얀마에 비하여 태국이 잘 살긴 잘 사는 모양이다. 우선 길이 좋고 깨끗하다.

아유타로 들어서서 처음 간 곳은 짜오 프라야(Chao Phraya)강과 빠삭 (Pasak)강이 만나는 지점 가까이에 있는 왓 파난청(Wat Phanancheong) 이다.

파난청 사원은 아유타 왕국이 세워지기 26년 전인 1324년에 건립된 사원인데, 중국 송나라 유민들의 촌락을 포함한 이 지역 정착민들이 관련되어 있다는 유력한 주장이 있다.

또한 이 절은 명나라 탐험가인 쳉히(Zheng He: 정화 鄭和) 제독(본명은 마삼보(馬三寶)이며 무슬림임. 명나라 환관이자 무장으로 영락제의 명을 받아 동남아, 인도 아라비아, 아프리카까지 함대를 이끌고 7차례나 원정함)이 1407년 방문하여 부처님께 선물을 바칠 때 샴의 왕족들이 참여한 성대한 의식을 치렀으며, 중국 불상 및 한자 등이 많이 남아 있다.

이런 이유 때문에 타이계 중국인들과 화교들이 아직까지도 많이 방문하는 절이 되었다고 한다.

주차장에 차를 세우고 내리니 가파르게 'ㅅ'자 모양으로 솟아 있는 누런색 절집 지붕이 보인다.

절 안으로 들어간다.

물론 신은 벗어 놓는다.

미얀마와 다른 점은 신 벗는 건 같지만, 양말은 신어도 되는 모양이다.

태국 아유타

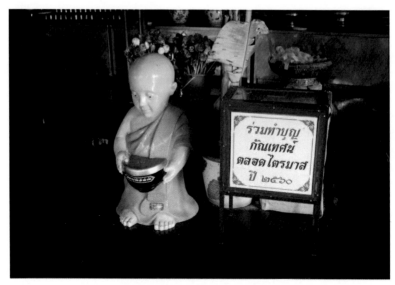

왓 파난총: 돈 통을 든 난장이 스님

들어서자 눈에 띄는 것은 돈 통을 들고 있는 난장이 스님 동상이다.

밥사발이 돈 통으로 바뀐 것은 시대의 변화에 따른 것이리라.

옛날에는 시주를 받을 때 먹을 것으로 받았으니 밥사발을 들었을 것이나, 화폐경제시대로 들어와 돈으로 받아야 하니 저금통 같은 돈 통을 들고 있는 것이다.

물론 밥사발에 돈을 넣어도 되지 않느냐고 뻗댕기는 사람들도 물론 있다.

안 될 것은 없다.

그러나 저금통처럼 된 돈 통이 가지는 심오한 뜻을 잊으면 안 된다.

그 의미는 '오른손이 하는 일을 왼손이 모르게 하라' 곧, 다시 말해서 '적선을 하더라도 그것을 뽐내지 말고, 정성을 보여라.'라는 심오한 뜻이

2. 돈통을 든 난장이 스님

있는 것이다.

흔히 사람들은 큰돈을 보시하고는 그걸 자랑삼고 다닌다.

이는 부처님이 볼 때 교만이다.

큰돈을 내든 작은 돈을 내든 그저 정성껏 내라는 것이지, 큰돈 작은 돈 구분하다 보면 분별심이 생기고, 사람이 교만해지거나 수치스러워지고, 스님 입장에서는 욕심이 생기고, 부자와 빈자를 차별하게 될 가능성이 높은 것이다.

이는 분별심을 이름이니 '쎔, 쎔'이라는 부처님의 가르침에도 어긋나는 것이다.

비록 잔돈이라도 남이 잘 보지 않게 돈 통에 집어넣으면 넣는 사람도 좋고 받는 스님도 좋은 것 아닌가! 큰돈을 넣으면 물론 더 좋고!

만약 밥통을 들고 있으면, 쌀과 돈이 섞이게 되어 나중에 이를 가려내는 데에도 시간이 많이 걸릴 것이다.

또한 잔돈만 수북이 쌓여 있는 것을 사람들이 보게 되면 큰돈을 내려다 가도 잔돈을 내게 된다.

이러면 받는 금액이 줄어드니 안 될 말이다.

만약 이를 방지하기 위해 어떤 욕심 많은 스님은 큰돈만 몇 장 올려놓는 경우도 있다고 들었다.

이 경우, 잔돈 내는 사람들은 큰돈을 보고 주춤거리게 되어 그 잔돈마저 내지 못하게 된다. 결과적으로 수입이 줄어드니 권할 일이 못 된다.

그러니 저금통 같은 돈 통을 놓는 것이 절의 수입을 증대시키기에 제일 좋은 방법인 것이다.

더불어 가진 자의 교만도 스님의 분별심도 없앨 수 있다는 거룩한 뜻

태국 아유타

이 들어 있는 것이다.

법당으로 들어가니, 프라차오 파난청(Phrachao Phanancheong)'이라 부르는 19미터 높이의 황금빛 불상이 있다.

이 부처님은 1767년 버마의 침략으로 아유타가 멸망당할 때 눈물을 흘렸다는 유명한 부처님이시다.

그래서 그런지는 모르지만 이 부처님은 황금빛으로 빛나지만 철창 속에 갇혀 있는 것은 아니다.

금불상이면 사람의 손 탈 것을 염려하여 철창 속에 모셔 놓는 게 보통인데…….

아무래도 번쩍번쩍 황금빛으로 빛나기는 하지만, 진짜 금불상이 아니라, 번쩍거리게 금빛 칠을 해 놓은 것 아닐까라는 의심이 든다.

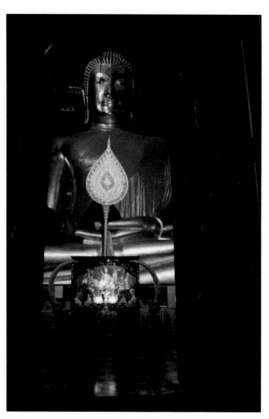

왓 파난총: 황금빛 부처님

2. 돈통을 든 난장이 스님

어쨌거나 이 불상 앞에서 사람들은 건강과 행복과 부자 되기를 빈다.

회랑에는 미얀마에서 본 낫(Nat) 비슷한 동상도 있고 금종이를 붙여 놓은 배불뚝이 화상도 있다.

낫이야 민간신앙과의 습합 때문에 절에서 볼 수 있다지만, 배불뚝이 화상은 왜?

왓 파난총: 뉘신지?

왓 파난총: 배불뚝이 화상

이 절 뿐만 아니라 다른 절에서도 배불뚝이 화상을 가끔 보면서 의문을 품었었는데, 알고 보니, 포대화상(布袋和尙)이라고 부르는 중국 후량(後梁)의 고승인 정응대사(定應大師)라 한다.

대머리에 배불뚝이인 이 스님은 늘 포대를 들고 다니면서 동냥한 음식을 노나 주어 미륵보살의 화신(化身)으로 존경받았던 분이라고 한다.

대머리에 배불뚝이인 포대화상이 가는 곳마다 환영받는 이유는 환한

태국 아유타

웃음과 가진 것을 전부 노나 주는 보시바라밀을 실천하셨기 때문이라 한다.

그런데 이 절에 있는 저 화상이 포대화상인가에는 의문이 든다. 포대도 안 보이고 웃음도 안 보이고, 불룩한 배만 만지고 있는 모습이 거만하게만 느껴지기 때문이다.

저 배불뚝이 화상의 뱃속에는 무엇이 들어 있을까? 난 이것이 궁금하다.

내가 이렇게 느낀다면, 저 배불뚝이 동상은 잘못 만든 것 아닐까?

다른 방에는 물론 금불상들이 있다.

어떤 방은 벽에 벽화를 그려 놓았는데, 부처의 상을 그리고 그 주변에 황금색 화염무늬를 그려 넣었다.

부처님이 금빛에 둘러싸일 만큼 고귀하신 분이라는 건 알겠는데, 마치 불길에 휩싸여 타는 듯한 느낌이 든다.

소신공양(燒身供養)을 보여 주려 한 걸까?

왓 파난총: 벽화

아님, 화염 속에 휩싸여 있어도 끄떡하지 않고 정진하는 모습을 보여주려 그랬을까?

아마 그렇진 아닐 것이다. 이런 느낌이 든다는 것은 아무래도 이

2. 돈통을 든 난장이 스님

그림을 잘못 그렸기 때문일 것이다.

왓 파난총: 벽화

뒷배경이 된 황금빛 화염문이 그 안에 좌정한 부처님 그림을 압도해 버렸기 때문이다.

부처님이 돋보여야 하는데도 불구하고 화염문이 돋보였으니, 분명 잘못된 그림이라는 생각이 든다.

또 다른 방에는 우리나라에서도 흔히 볼 수 있는 책과 문방구, 도자기 등을 평면적으로 표현한, 선비의 집안에서 흔히 볼 수 있는 책거리 그림들이 벽에 가득하다.

물론 이 그림들에서는 책은 없고 주로 화병들이지만 화풍은 비슷하다.

밖으로 나오니, '소매치기 조심'이라는 표지도 보이고, 순경도 눈에 뜨인다.

태국 아유타

3. 와불께서 다른 데로 이사 가셨나?

2017년 12월 1일(금)

왓 파난총에서 나와 왓 야이 차이몽콜(Wat Yai Chaimongkhol)이라는 절로 간다.

잠깐 몇 가지 절과 탑에 관한 용어들을 알고 가면 좋을 듯하다.

우선 왓(Wat)이란 태국, 캄보디아, 라오스의 불교 사원을 뜻하는 말이지만, 엄격한 의미에서는 스님들의 주거공간인 비하라(Vihara)를 갖춘 절을 뜻하다.

반면에 쩨디(Chedi 또는 Zedi)는 스리랑카 양식의 종 모양 탑으로 감실이 있고, 그 안에 부처님의 진신 사리나 고승들의 사리를 보관할 수 있는 불탑을 말한다. 스투파(Stupa) 또는 파고다(Pagoda)라고도 한다.

한편 프랑(Phrang)은 캄보디아 양식의 힌두탑, 불탑 양식으로서 옥수

쩨디(미얀마 식)　　　　쩨디(스리랑카 식)　　　　프랑(캄보디아 식)

수 반을 쪼개 올려놓은 듯한 형태의 탑이 조각으로 장식되어 있는 것이 특징이다. 태국의 아유타, 롭부리, 이산 지역에서 많이 볼 수 있다.

이 절은 아유타 초대 왕인 우통(U Thong) 왕이 건설한 스리랑카식 사원이다. 스리랑카 유학을 마친 스님들의 명상을 위해 세웠다고 한다.

이 절로 들어서자 오른쪽으로 거대한 종 모양의 탑(쩨디)이 두 개 눈에 확 들어온다.

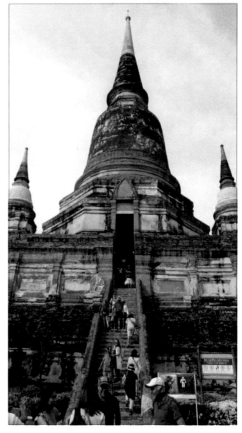

왓 야이 차이몽콜: 72m의 쩨디

"와! 볼 만하구나!"

라는 느낌과 함께 정말 잘 왔다는 생각이 든다.

이 절에는 높이가 72m에 달하는 거대한 종 모양의 스리랑카 식 쩨디가 유명하다.

이 불탑은 1592년 아유타의 나레수엔 왕이 코끼리를 타고 맨손으로 버마의 왕자를 죽이고 버마와의 전쟁에서 승리한 기념으로 지은 탑이라

태국 아유타

한다.

그래서 이 절을 '승리의 대사원'이라고도 한다.

이 불탑 위로 오르면서 내려다보면 그 경치가 끝내 준다.

이 불탑 앞에는 수많은 좌불들이 담장 앞에 빙 둘러 앉아 있고, 담 너머로는 역시 종 모양 탑들과 무너져 버린 절의 유적들이 보인다.

불탑 위에서 사진을 찍는다.

이 불탑의 양 옆에는 작은 종 모양의 짝퉁 탑이 두 개 있고, 오르는 계단 왼쪽과 오른쪽에는 노란 장삼을 걸친 커다란 부처님이 앉아 계신다.

왼쪽에 앉아 있는 큰 불상 앞엔 노란색의 꽃들이 나뭇가지에 걸려 있다.

왓 야이 차이몽콜의 쩨디에서 내려다 본 풍경

3. 와불께서 다른 데로 이사 가셨나?

그 앞에 주내를 앉혀 놓고 사진을 찍는다.

이 불탑의 앞에 본당이 있다.

불탑에서 본당 옆을 따라 돌아가면 본당과 연결된, 단순하게 철제로 만든 가설물 위에 (임시) 지붕을 만들어 놓았는데 그 속에 큰 부처님을 모셔 놓았다. 아마 이 가설물은 전쟁으로 파괴된 본당의 일부인 듯싶다.

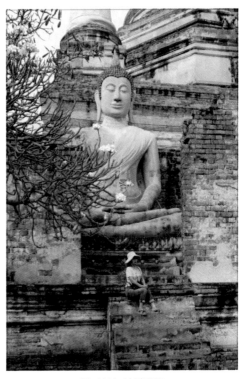

왓 야이 차이몽콜

이 부처님 뒤로 돌아가면 본당이 있는데, 본당의 오른쪽과 뒤쪽에 있는 대형 벽화는 버마와의 전쟁을 묘사해 놓은 것이라 한다.

한편, 이 절이 유명한 것은 본당 앞의 대형 와불상이라는데, 제대로 살피질 못해서인지 본 기억이 없다. 아님 누워 계신 와불께서 다른 데로 이사 가셨나?

샅샅이 본다고 했는데 못 찾아본 걸 보면, 이 정보를 미리 파악하지 못한 까닭일지도 모른다.

태국 아유타

이곳을 방문하시는 분들은 내 대신으로라도 꼭 살펴보시기 바란다.

본당 옆으로는 꽃나무가 있는데, 빨간 꽃, 노란 꽃, 분홍 꽃, 연붉은 꽃 등 여러 가지 색깔의 꽃들이 한 나무에서 피어 있어 신기하다.

접붙인 것인가? 원래 그런 것인가?

본당 저쪽으로는 해자가 있고 다리를 건너면 수탉들이 지키고 있는 절인지 사당인지가 있다.

엄청 크게 만들어 놓은 까만 색깔의 몸통에 부리와 발 목덜미 뒤쪽은

 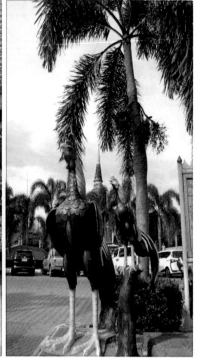

왓 야이 차이몽콜: 꽃나무   왓 야이 차이몽콜 동쪽 해자 넘어

3. 와불께서 다른 데로 이사 가셨나?

왓 야이 차이몽콜에서 동쪽으로 해자를 건너면 만날 수 있는 닭들

노랗고 얼굴과 볏은 빨간 늠름한 수탉들이 이 건물 뒤를 지키고 있다.

아니, 이게 한두 마리가 아니다. 절 앞쪽으로 가보니 작고 크고 가지 가지 색깔의 수탉들이 무더기로 있다.

길거리에도 은빛 수탉, 금빛 수탉을 비롯하여 갖가지 색깔로 단장한 크고 작은 수탉들이 나란히 서서 지키고 있다.

웬 수탉?

이렇게 많은 수탉 동상들을 본 적이 없다.

이 절이 수탉하고 무슨 인연이 있는 모양이다.

이 건물 안은 벽이 주로 유리로 되어 있어 환한데, 모시고 있는 것이 불상이 아니라 군인 아저씨이다. 곧, 부처님이 앉아 계셔야 할 자리에 머리엔 납작한 모자(머리털인지도 모른다)를 쓰고, 왼손으로는 칼을 꽉 잡은

태국 아유타

닭들이 지키는 사원(?)

채, 오른손으론 술병을 들고 따르는 듯한 까만 군인 동상이 의자에 허리를 꼿꼿이 세운 채 앉아 있다.

그 앞에는 흰 옷을 입은 스님(?)들이 앉아 있다.

절은 아닌 것 같고 아마도 전쟁에서 죽은 군인들의 넋을 위로하기 위한 사당인 듯싶었는데, 나중에 왓 프라시산펫(Wat Phrasisanphet) 동쪽에 세워 놓은 라마 1세의 동상이 이 분과 똑 닮았음을 볼 때, 현 차크리 왕조의 초대 국왕인 라마 1세를 기리는 절인 듯하다.

3. 와불께서 다른 데로 이사 가셨나?

4. 불상들의 머리가 수난을 겪는 이유

2017년 12월 1일(금)

수탉 구경을 실컷 하고는 이제 왓 마하 탓(Wat Maha That)으로 간다. 왓 마하 탓은 아유타의 한 가운데에 위치하고 있다.

이 절은 비교적 원형이 잘 보존되고 있는 왓 야이차이몽콜에 비해 그 야말로 전쟁의 상흔이 그대로 남아 있는 곳이지만 거대한 사원 유적들은 정말 볼 만하다.

이곳에는 캄보디아식 불탑인 프랑(Phrang)과 스리랑카식 불탑인 쩨디(Chedi)가 무너진 담장 위로 여기저기 남아 있고, 머리 없는 불상, 머리 있는 불상들을 이곳저곳에서 볼 수 있다.

왓 마하 탓의 프랑과 쩨디

태국 아유타

왓 마하 탓의 머리 없는 불상들

머리 없는 불상들이 많이 남아 있는 이유는 이 지역의 전쟁사와 관련이 있다고 한다.

전쟁을 해서 적 지역을 점령하면 일단 불상의 목부터 잘라 가져간다고 한다.

왜냐면 불두를 많이 소유한 나라가 전쟁에서 이긴다는 믿음이 있기 때문이라는데, 아마도 이러한 믿음은 그렇게 함으로써 상대방 국민들의 기를 죽이려는 생각에서 비롯된 것이리라.

허긴 상대방 국민들로서는 치욕감을 느낄 것이다.

결국 버마와 타이의 전쟁 때문에 애매한 부처님들만 수난을 당한 것이다. 전쟁은 부처님 머리조차도 그대로 놔두지 않는 것이기에!

물론 이렇게 잘린 부처님 머리 곧 불두(佛頭) 중 몇몇은 개인 소장용

4. 불상들의 머리가 수난을 겪는 이유

이 되기도 했고, 영국, 프랑스 등으로 유출되어 박물관에 전시되어 있기도 하다.

그렇게 빼앗긴 불두를 찾기 위해 태국은 영국, 프랑스를 상대로 외교적 노력을 하고 있으나 별 성과는 없는 듯하다.

허긴 그놈들이 선뜻 내주지는 않을 것이다.

남의 것을 뺏어 가거나 훔쳐 갔으면, 주인에게 돌려주어야 마땅한 일이지만—요런 마음을 가졌다면 처음부터 도적질을 안 했겠지?-- 워낙 도둑놈 심보를 가졌기에. "그렇다면 왜 뺏어 가거나 훔쳐 가는 노력을 했겠는가?"라며 뻔댕기고 있는 것이다.

지금 감옥에 있는 박근혜 양도 마찬가지이다. 영남대학도, 부산일보도, MBC도 모두 박정희가 강제로 빼앗은 것들인데, 아

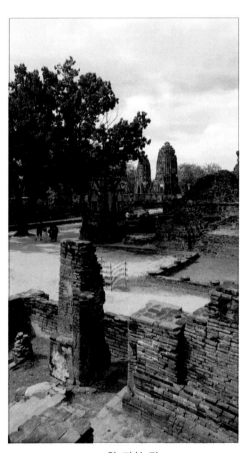

왓 마하 탓

태국 아유타

직도 그 유족들에게 돌려주지 않고 있는 것이다. 아니 전혀 돌려줄 마음
이 없는 것이다.

부모가 잘못했으면, 자식이 나서서 뺏은 것을 원 주인에게 돌려주고
사죄해야 제대로 된 참사람인 법인데, 그놈의 욕심이 이를 가로막고 있는
것이다.

존경받지 못하는 대통령이 되려면 적어도 뺏은 걸 돌려주지 않을 정
도의 욕심은 있어야 하는 모양이다. 전두환, 노태우, 이명박 전 대통령들
이 이를 증거해 준다.

이명박 전 대통령은 DAS니 뭐니, 4대강 개발이니 뭐니……. 대통령까
지 한 사람이 왜 그러는지 알 수가 없다.

사람의 욕심은 끝이 없는 모양이다.

다 털어 버리면 편안할 것을!

왓 마하 탓

4. 불상들의 머리가 수난을 겪는 이유

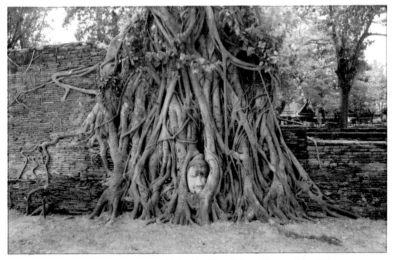

왓 마하 탓의 부처님 머리를 감싸 안은 보리수나무

이야기가 옆으로 샜다. 본론으로 돌아가자.

조금 전 부처님 머리가 잘리는 이유를 이야기를 했는데, 이 절에서 꼭 봐야 한다고 강조하는 것은 보리수 나무뿌리가 부처님 머리를 휘감고 있는 풍경이다.

이렇게 된 이유에 대해서는 여러 가지 거창한 학설들(?)이 있다.

그 하나는 도둑놈이 부처님 머리를 잘라 가져가려고 나무 밑에 숨겨 놓았는데, 이 도둑놈이 기억상실증에 걸려 잊어버리고 말았다는 설이다. 결국 부처님 머리를 뿌리가 감싸 안으면서 나무가 자라 현재의 모양이 되었다는 것이다.

또 다른 하나의 설은 그냥 전쟁 통에 내팽개쳐 진 불두가 오랫동안 방치되었다가, 부처님의 머리를 이렇게 방치해선 안 되겠다고 생각한 또 다른 부처님이 법력을 발휘하여 보리수나무 뿌리로 하여금 이 불두를 감

태국 아유타

왓 마하 탓

싸 보호하도록 하였다는 설이다.

　나머지 또 다른 설은 옛날 전쟁이 끝난 뒤 앞날을 내다보는 어느 스님이 미래의 관광객을 위하여, 아니 관광객을 끌어 모으기 위해 일부러 불두를 보리수나무 뿌리 사이에 집어넣었다는 설이다. 물론 세월이 흐르면서 보리수나무 뿌리는 자연스레 불두를 감싸 안게 되었다.

　어느 학설이 맞는지는 아무도 모른다.

　왓 마하 탓의 이곳저곳을 돌아다니며 옛 사원의 부서진 세월의 파편을 사진기에 열심히 담아 넣는다.

　이 절은 아유타야 왕실의 수도원이자 영적 중심지였던 곳인 만큼, 부서지고 그 잔해만 남아 있으나 당시의 영화를 떠올리기에 전혀 부족함이 없다.

4. 불상들의 머리가 수난을 겪는 이유

5. 무엇이 진실일까?

이제, 아유타 역사공원(Ayutthaya Historical Park)으로 향한다.

가는 도중, 코끼리를 타고 유적지를 돌아볼 수 있다는 말에 일단 코끼리 타는 곳부터 간다.

이 선생과 초롱 씨는 코끼리를 타고 유적지를 한 바퀴 돌기로 하고, 주내와 난 코끼리 타는 대신 공원을 가로질러 타논 지 산펫(Thanon Si Sanphet)으로 간다.

이 절은 왓 프라시산펫(Wat Phrasisanphet)이라고도 하는데, '거룩하고 빛나는 전지전능의 사원(Temple of the Holy, Splendid Omniscient)'

왓 프라시산펫

태국 아유타

왓 프라 람의 프랑

왓 프라시산펫 가는 길의 도마뱀

5. 무엇이 진실일까?

이라는 뜻이라 한다.

　절로 가는 길은 인공으로 조성된 못과 정원을 갖춘 공원을 지나야 한다.

　못 오른 너머로 멀리 왓 프라 람(Wat Phra Ram)의 캄보디아식 불탑인 프랑이 보인다.

　못과 탑이 어우러진 그림이 좋다.

　못을 건너가며 보니, 한 1m 정도 되는 도마뱀이 어슬렁거리며 풀밭으로 들어가고 있다.

　이렇게 큰 살아 있는 도마뱀은 처음 보지만 무섭지는 않다.

　이 글을 읽으신 여러분도 여기 가면 꼭 이 도마뱀을 만나 보시라! 그렇지만 요놈이 그 귀한 몸을 보여줄지는 모르겠다. 평소에 덕을 많이 쌓

왓 프라시산펫

태국 아유타

은 사람과 이 글을 읽으신 분들에게만 지 몸을 보여준다는 말이 있으니 평소에 덕을 많이 쌓으시면 틀림없이 이 도마뱀을 만나 보실 수 있을 것이다.

물론 이건 순전히 내 생각이다.

그렇지만 혹 못 보시더라도 제 말을 믿으시고 평소에 덕을 쌓으시길!

왓 프라시산펫으로 들어가기 전 왼쪽으로도 절이 있다.

비하라 프라 몽콘 보핏(Vihara Phra Mongkon Bophit)이라는 절인데, 지금은 공사 중이어서 들어갈 수 없다.

이 절엔 15세기에 만든 태국에서 제일 큰 청동불상이 있다는 곳이다.

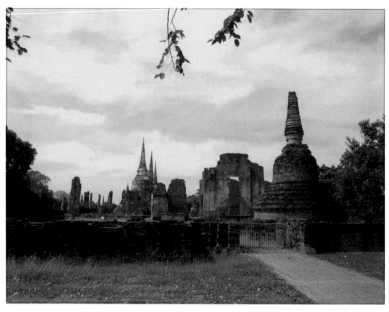

왓 프라시산펫

5. 무엇이 진실일까?

왓 프라시산펫의 쩨디

그 앞으로는 가게가 죽 늘어서 있다.

왓 프라시산펫은 우통(U-Thong) 왕이라 불리는 라마티보디 1세 (Ramathibodi I)가 세운 왕궁 안에 위치하고 있다.

1448년, 보로마-트리-로카-낫(Boroma-Tri-Loka-Nat)왕이 이 절의 건립을 위해 왕궁 터 일부를 희사하여 이 절이 세워졌다고 한다.

이 절은 고대 아유타 왕국의 왕실 사원으로서 충성 서약 등 왕실의 주요 의식에 사용됐으며, 왕실 가족들의 개인적 예배당으로 쓰이고, 왕실 가족들의 유골을 보존하는 절로 사용되었다.

따라서 특별한 의식이 있을 때 스님들을 초청하기는 하였지만 이 절에 스님들이 살지는 않았다.

이 절에서 중요한 건물은 보로마-트리-로카-낫 왕, 보로마-라차티랏

태국 아유타

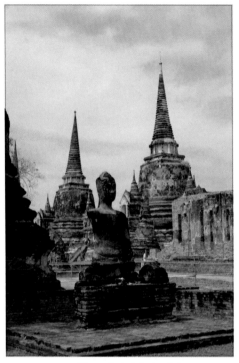

왓 프라시산펫의 쩨디

3세, 그리고 라마티보디 2세의 유골이 포함된 3개의 주 불탑이다. 우리 식으로 보면 왕릉인 셈이다.

당시 불탑인 쩨디들은 모두 파괴되었고, 현재 남아 있는 3개의 쩨디는 1956년부터 시작된 복구 작업으로 재건된 것이다

이 절은 태국 왕궁 안에 위치한 에메랄드 불상이 있는 왓 프라 깨오(Wat Phra Kaeo)의 모델이 된 사원으로서 아유타에서 가장 규모가 큰 절이었다고 한다.

이곳에는 1499년에 343kg의 금으로 만든 높이 16m의 입불상이 있었다는데, 1767년 미얀마의 침략에 의해 건물은 다 타 버리고, 불상에 입힌 금은 녹아내렸고 한다.

그럼 그 금은 어디로 갔냐고?

물론 버마군이 가져갔지!

절로 들어서기 전 붉은 벽돌담 위로 보이는 쩨디가 근사하다.

5. 무엇이 진실일까?

안으로 들어가서 옛 사원의 터에 남아 있는 기둥들, 무너져 내린 쩨디들, 불상들 등 이곳저곳을 둘러본다.

볼 만한 유적들이다.

왕궁이 보고 싶어 왕궁을 찾으니, 이 절의 북쪽에 붉은 벽돌로 된 터만 남아 있을 뿐이다. 당시 화려했을 전각은 단지 표지판에서만 볼 수 있을 뿐이다.

삶과 죽음, 창조와 파괴, 있음과 없음, 무엇이 본질이고 무엇이 진실일까? 세월의 무상함만이 진실일까? 아님 그때그때가 모두 다 진실일까?

왓 프라시산펫을 나와 동쪽으로 가면 라마 1세의 동상이 있다. 칼을 차고 군복을 입고 남쪽을 향해 늠름하게 서 있는 동상이다.

라마 1세는 태국의 현 왕조인 차크리 왕조(Chakri Dynasty)를 세운 임금이다. 본명은 차오프라야 차크리이며, 탁신(Taksin) 왕의 장군이었는데, 톤부리 왕조(Thonburi

왓 라마 1세 동상

태국 아유타

Dynasty)의 탁신 왕을 죽인 후, 수도를 방콕에 정하고 스스로 왕위에 오른 인물이다.

좀 더 자세히 살펴보면, 아유타 왕국은 1767년 버마에 의해 점령당했는데, 그 다음 해에 중국계 세력인 탁신이 버마 군을 몰아내고 톤부리 왕조를 세웠다.

톤부리 왕조의 탁신 왕은 6개로 분열된 태국을 재통일하는 업적을 남겨 대왕이라는 칭호를 얻었으나, 말년에 정신병 증세가 나타나 국내가 다시 혼란스러워졌다 한다.

이때 캄보디아 원정에 나섰던 차오프라야 장군이 톤부리로 되돌아와 역성혁명을 일으키고 차크리 왕조를 세운 것이다. 이 양반은 아유타 왕조의 혈통을 이어받은 사람이라 한다.

이런 이야기는 어쩌면 사실일지도 모르지만, 어쩌면 차크리 왕조의 정통성을 확립하기 위해 지어낸 이야기일지도 모른다. 역사는 늘 승자의 기록이기에.

참고로 현 태국 국왕은 라마 10세가 된다.

5. 무엇이 진실일까?

6. 열과 성을 다하면 오래가는 법

2017년 12월 1일(금)

이제 옛 왕궁 서쪽에 있는 사원인 왓 로카야 수타(Wat Lokaya Sutha)를 찾는다.

이 절에서는 길이 37m, 높이 8m의 동쪽을 향한 아유타에서 제일 큰 와불(Phra Bhuddhasaiyart)이 유명하다.

이렇게 크게 만든 이유는 부처님을 크게 만들면 만들수록 전쟁에서 이길 수 있다는 속설 때문이라고 한다.

이 와불은 연꽃 봉우리 위에 오른손으로 머리를 받치고, 다리는 가지런히 포개 놓은 채 누워 계신 부처님인데, 눈을 지그시 감은 그 모습이

왓 로카야 수타의 와불

태국 아유타

태국 아유타의 아파트

마치 잠드신 모습이라서 잠자는 부처님(Sleeping Buddha)라고도 하는데, 이는 다 얼뜬 중생들을 위해 지어낸 말이고, 실은 열반에 든 모습을 나타낸 것이라 한다.

이 부처님 앞에는 사람들이 꽃을 바치고 향을 피우고 소원을 비는 제단이 있고, 이 제단 위에는 이 부처님과 똑같은 모양의 조그마한 짝퉁 부처님이 있다.

이 부처님은 지난 2011년 태국의 대홍수 때에도 전혀 피해가 없었다는 영험한 부처님이라고 한다. 참고로 2011년 대홍수 때 방콕도 물에 잠기고 아유타도 홍수 피해가 컸는데, 이때 우리나라의 4대강 사업을 견학하러 타이 외무부 장관이 왔었다고 한다.

이 부처님 뒤쪽으로는 옛 절의 흔적이 남아 있을 뿐이다.

6. 열과 성을 다하면 오래 가는 법

여기에서는 이 부처님밖에 별로 볼 것은 없다.

사진을 찍은 다음 이제 식당으로 이동한다.

좋은 음식점으로 안내하라 하였더니 가이드가 안내한 곳은 단체 관광객들이 와서 먹는 곳이었다.

어쩐지 식당 앞에 차들이 많더라니…….

식당 안은 어수선하고, 음식값은 배로 비싸고, 맛은 별로인 그런 음식점이다.

식사를 하는 둥 마는 둥 끝내고는 그 식당에서 얼마 안 떨어진 왓 라차 부라나(Wat Ratcha Burana)로 간다.

이 절은 왓 마하탓 맞은편에 있는데, 태국 최대의 유물이 발굴된 곳이라 한다. 발굴된 유물을 모두 차오 삼 프라야 국립박물관(Chao Sam Phraya National Museum)에 옮겨 전시하고 있다.

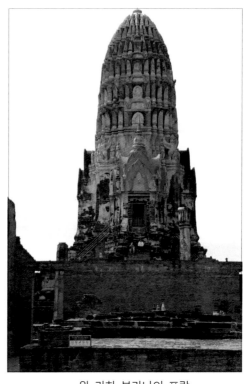

왓 라차 부라나의 프랑

태국 아유타

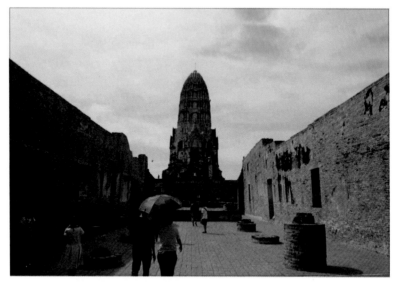

왓 라차 부라나의 프랑

이 절은 캄보디아 양식의 프랑이 유명하다. 곧, 이 왕궁의 화장터 위에 세워 놓은 프랑은 크메르의 불탑 양식을 모방하여 세워졌으나, 크메르를 능가해야 된다는 신념으로 "더 크게, 더 화려하게"를 모토로 지어 놓은 것인데, 미얀마의 침략과 600여 년의 세월 속에서도 거의 원형에 가까운 모습을 보여주고 있다.

무엇이든 열과 성을 다하면 오래가는 법이다.

이 프랑의 정면 감실 위쪽으로는 네 분의 부처님이, 감실 꼭대기의 좌우에는 신장들과 날개달린 괴수로 장식되어 있다.

이 프랑의 동남, 서남, 서북, 동북 네 귀퉁이에는 종 모양의 불탑인 쩨디가 호위하고 있고, 이 프랑의 동, 서, 북에는 부처님의 입상이 있고, 남쪽 감실에는 지하로 내려가는 계단이 있다.

6. 열과 성을 다하면 오래 가는 법

이 계단은 가파르고 깊은데, 올라오는 사람들에게 물어보니 별 볼 거는 없다고 하여 안 내려간다.

그냥 동서남북을 조망한다.

전체적으로 볼 때, 이 프랑은 조형미가 있는 아름다운 불탑이다.

이제 아유타의 수상시장으로 간다.

가이드 말로는 별로 볼 게 없는 짝퉁 시장이라며 갈 필요가 없다고 하나, 궁금증으로 똘똘 뭉쳐진 우리 초롱 씨는 강력히 가야 한다고 주장한다.

수상시장으로 가 차를 세워 놓고 대나무 울타리를 지나니 돈 내는 곳이 나온다.

일인당 200바트(약 7,000원)라는 꽤 큰돈을 내고 들어가니 물가를 따

왓 아유타 수상시장 입구의 대나무 울타리

태국 아유타

왓 아유타 수상시장

라 가게들이 늘어서 있고, 쪽배가 몇 개 매여 있다.

일단 쪽배를 타고 수상시장 전체를 둘러본다.

이 배를 타려고 그 돈을 냈나 싶다. 배를 타지 않고 그냥 물가를 따라 시장을 둘러보는 것은 돈을 낼 필요가 없는 것인데, 입장하려면 표를 사야 한다 생각하여 초롱 씨가 덜컥 표를 산 것이다.

설령 입장료라 하더라도 난 안 들어갔을 것이다. 원래 쇼핑은 피곤한 것이기에!

그러나 표를 덜컥 사 버리는 바람에 들어가 배도 타보고 하였으나, 들어가는 데 돈 받는 것은 아니었고 볼 것도 별로 없으니, 이 책을 읽고 여기 오시는 분들은 절대 표를 사지 마시라고 강력히 권한다.

배 타 봐야 별로 탄 거 같지도 않은 채 얼마 안 되는 거리를 돌아 나

6. 열과 성을 다하면 오래 가는 법

오는 것뿐이니, 정말 200바트가 아깝다!

배 타고 10분도 안 되어 내리는데 200바트라니! 도둑놈들.

배에서 내려 그냥 물가를 따라가며 다리를 건너 시장을 훑어보나 살 만한 물건도 볼 만한 것도 별로 없다.

단지 들어가는 입구의 대나무 울타리만 볼 만하다.

가이드의 말을 따랐으면 될 것을 괜히 왔다 싶다. 가이드에 대한 불신이 부른 손실이다.

그러게 왜 좋은 식당으로 안내하지 않아 불신을 키웠누?

시시한 짝퉁 수상시장을 나와 왓 쿠디다오(Wat Khudeedao)로 간다.

이 절은 아유타 교외 동쪽에 위치한 절인데, 아유타 왕국 초기에 제일 먼저 지은 절이다.

붉은색 벽돌로 된 마당 위에 무너져 내린 탑과 담장이 남아 있을 뿐이다.

방콕으로 돌아가기 전 마지막으로 들린 절이 왓 프라두 송탐(Wat Pradoo Songtharm)인데, 종 모양의 큰 불탑이 기억에 남을 뿐이다.

3시 40분 비교적 이른 시간에 방콕의 호텔로 돌아왔다.

4시에 마사지광인 이 선생 부부에 끌려 어깨 마시지를 받는다. 왼쪽 어깨가 지난 10월부터 계속 아픈데 영 낫질 않아서이다.

한 시간에 250바트(8,000원 정도)를 지불하고 팁 20바트(700원 정도)를 준다.

태국 아유타

7. 가장 아까운 시간이 가장 소중한 시간

2017년 12월 2일(토)

아침부터 글을 정리한다.

그 동안 약식으로 매일 써 놓은 것도, 세월의 흐름인지 그 양이 꽤 많다.

또한 역시 세월의 흐름인지, 일부는 써 놓았는데도 기억이 나지 않는다.

세월의 흐름은 누가 뭐라 하지 않아도 꾸준히 그 영향력을 발휘한다.

아무리 빨리 빨리 정리하려 하나 오전 내내 겨우 한두 꼭지이다.

옛날에는 이렇지 않았던 거 같은데…….

언제 세월이 이리 흘러갔던가!

늙긴 늙은 모양이다. 어제 하루 종일 돌아다녔다고 오늘은 쉬어야 하니 말이다. 그렇지만, 무리해서는 안 된다.

그러니 작업 속도가 나겠는가!

옛날에는 며칠을 밤새워 놀아도 괜찮았는데 이제는 하루 낮 동안만 돌아다녀도 그 다음 날은 쉬어야 하니 말이다.

정말이지 옛날엔 시간이 아까워 쉴 틈이 없었는데, 지금은 시간이 없어도 쉬어야 한다, 세월이 그만큼 흐른 것이다.

이러다 영영 쉬는 건 아닌지 몰라!

어찌됐든 주내와 나는 '너 자신을 알라!' 라는 말을 충실히 따른다.

이번 여행에선 하루 놀면 하루 쉬는 것을 원칙으로 삼는다.

하루 놀고 하루 쉬려니 쉬는 시간이 아깝다고 느껴지기는 하지만, 가장 아까운 시간이 가장 소중한 시간이기도 하기에.

젊을 땐 이런 걸 모른다. 쉬는 시간이 얼마나 소중한 지를!

두 시쯤 호텔에서 나와 근처 몰로 가 점심을 먹는다.

몰 2층이 식당가인데, 이곳 식당은 특이하다.

조그마한 식당들이 건물 벽을 따라 죽 이어져 있는데, 식당 앞에는 요리 재료들이 있고 조리사들이 주문을 받아 요리를 한다. 메뉴는 보기 좋게 식당 앞 위편에 걸려 있다. 손님은 메뉴 판과 요리 재료와 요리하는 모습을 직접 보고 먹을 것을 고를 수 있다.

건물 가운데에는 식탁들이 놓여 있으며, 주문을 해 놓은 음식을 직접 가져다가 여기에서 먹는다.

그럼 주문은 어찌 하냐고?

이층으로 올라가 식당 쪽에서 제일 먼저 마주치는 곳이 식권 카드를 파는 조그만 부츠이다. 여기에서 식권 카드를 사야 한다.

그렇지만 식권 카드를 사는 것도 여행객에게는 요령이 필요하다.

우선 식권 카드를 사기 전에 일단 들어가 이집 저집 기웃기웃하며 구경을 하고 메뉴를 보고 자기가 먹고 싶은 것을 고르고 주문을 한다.

그 다음 식권 카드 파는 곳에 가서 먹고 싶은 음식값을 내고 식권 카드를 받는다.

음식이 다 되면, 식권 카드를 주고 음식을 받아 빈 식탁으로 가 먹으면 된다.

여행객이 아니고, 이 근처에 사는 사람인 경우엔 식권 카드를 100바트건 200바트건 충전해 놓고, 끼니 때마다 사 먹고 조리사에게 카드만 내밀면 결제해주고 남은 돈이 들어 있는 카드를 돌려주니까, 계속 충전하

태국 방콕

태국 음식 메뉴

고 쓰고 충전하고 쓰고 할 수가 있다.

주로 음식을 사 먹는 사람들에게는 한 번 충전해 놓고 계속 쓰면 되니까 식권 카드가 편리할 것이다.

그러나 여행객인 경우에는 충전 카드에 잔돈이 남으면, 쓰질 못하고 다른 데로 이동해야 하니까. 정확히 자신이 먹을 음식값만큼 지불하고 식권 카드를 받아야 한다.

돈 많은 분들은 그렇게 하지 않아도 되지만.

식권 카드 대신 그냥 신용카드를 받으면 훨씬 편리할 텐데, 그건 순 우리 생각이다.

그러면 신용카드 회사에 수수료를 주어야 하고, 부츠 안의 식권 카드 파는 두 여자분들은 실직을 하게 된다.

7. 가장 아까운 시간이 가장 소중한 시간

여기까지 와서도 남의 실직을 걱정하다니!

이런 시스템 때문인지 음식값이 생각 외로 싸다. 대체로 45, 50, 55 바트이다. 비싸다고 해야 60바트이고, 더 비싸 봐야 대개 70바트를 넘지 않는다.

처음에는 어리둥절했으나, 곧 이 시스템에 적응한다.

시킨 것은 돼지족발(쌀밥 포함)이 45바트(약 1,500원)이고 똠얌볶음밥 이 55바트(약 1,800원)이다.

음식은 거부감 없이 맛있다.

이럴 줄 알았다면 100바트(약 3,500원)짜리 족발을 시킬 걸! 내일은

야경: 방콕 랏 프라오 부근

태국 방콕

맥주 한 캔을 사가지고 와 족발을 먹어야겠다.

점심을 먹은 후, 나만 마사지 숍으로 간다.

주내는 아이쇼핑을 하고, 한 시간 후에 마사지 숍에서 만나기로 했다.

어제 받은 마사지가 효험이 있는 듯해서이다.

어깨와 팔이 무척 쑤시고 아프다,

팔 움직임은 괜찮은데, 왼쪽 팔뚝 아래 삼두박근 쪽이 시큰거리고 기분 나쁘게 욱신거리며 아프다.

원래 마사지 받는 거를 싫어하지만, 치료차 마사지를 받으러 간다. 어깨 마사지 250바트에 팁 30바트를 준다.

저녁은 주내가 사온 신라면으로 때운다.

신라면 하나가 세븐 일레븐에서 45바트(1,400원)이다. 몰에서의 한 끼 식사 값이다.

7. 가장 아까운 시간이 가장 소중한 시간

8. 어리석은 사람만이 누릴 수 있는 즐거움

2017년 12월 3일(일)

점심을 먹고 MRT(Mass Rapid Transit)를 탄다.

방콕에는 두 가지 종류의 전철이 있다.

MRT와 BTS(Bangkok Mass Transit System)인데, MRT는 지하로 달리는 전철이고, BTS는 지상으로, 곧, 고가도로 위로 달리는 전철이라서 지상철 또는 스카이 트레인(Sky train)이라고 한다.

그런데 이 두 전철 사이에는 환승이 안 된다. 따라서 연결해서 타려면 다시 전철표를 사야 한다.

환승을 할 수 있으면 편리할 텐데……. 왜 안 되느냐구?

그걸 누가 모르나?

안 되는 이유는 이 두 가지 종류의 전철을 건설할 때 든 돈의 종류가 다르기 때문이다. 곧, 민영 자본과 공적 자본이 함께 투자된 것이어서 상당히 복잡한 운영체계를 가지고 있고, 관리하는 주체가 다르다.

예컨대, MRT는 노인은 반값이라는 경로 우대를 해주지만, BST는 그런 거 없다. 다 받는다.

MRT를 타기 위해 랏 프라오(Lat Prao) 전철역으로 간다.

전철역으로 들어갈 때에는 검색대가 있어 보안 검사를 한다.

글쎄 이렇게 보안 검사를 해야 하나? 이런 걸 보면 우리나라는 치안 상태가 참 좋은 나라이다.

그러니 항상 그런 것은 아니지만, 가방을 열어보라고 하더라도 기분 나빠 하시지는 말라.

태국 방콕

방콕: MRT 전철표

전철 요금은 거리에 따라 다르다. 멀리 가면 많이 받고 조금 가면 덜 받는다.

"후알람퐁! 엘더리 투!"

랏 프라오(Lat Prao)에서 종점인 후알람퐁(Hua Lamphong)까지 일 인당 42바트이지만, 노인은 반값이니 42바트를 주고 표 2장을 받는다. 표는 까만 플라스틱 동전 같은 것이다.

태국은 경로 사상이 살아 있다. 미얀마보다도 잘 살고, 노인 우대도 해주고, 참 좋은 나라다. 그런데 그것은 MRT에서만 그러하다.

이 동전 같은 것을 들어갈 때 카드 대는 곳에 대고, 나올 때에는 동전 투입구 같은 곳에 넣으면 된다.

후알람퐁은 방콕 시내에서 왕궁 쪽으로 가는 전차역 종점이다.

8. 어리석은 사람만이 누릴 수 있는 즐거움

후알람퐁이라는 전철역 이름을 외우기는 쉽지 않다. 또한 정확히 발음하기도 어렵다. 그렇지만, 기억하기 좋게 그냥 "월남뽕"하고 외치면 다 알아듣는다.

여러분들도 방콕 오시면 전철을 탈 때 "월남뽕!"하고 크게 외치면 서 100바트짜리를 내밀면, 전철역 직원이 알아서 표와 잔돈을 내준다.

반대로 우리가 묵은 호텔로 갈 때에는 '라 쁘라오'라고 외치면 알아듣는다.

전철을 타니 에어컨이 너무 빵빵하다.

아이 추워!

지금 우리는 월남뽕 기차역에서 라오스 접경 국경도시인 농카이까지 가는 기차표를 끊으러 가는 길이다.

방콕 후알람퐁 기차역

태국 방콕

월남뽕 기차역은 전철역에서 지상으로 나오면 바로 코앞에 있다.

기차역에서 월남뽕에서 농카이 가는 열차를 알아보니 매일 밤 8시에 출발하여 농카이에는 다음 날 6시 45분 도착한다.

이 차표를 끊으려고 약 한 시간 넘게 기다렸다.

차비는 일등석이 일인당 1,557바트(약 53,000원 정도)이고, 이등석이 948바트(약 32,000원 정도)이다.

혼자만 가는 게 아니고 주내와 함께 가야 하므로 일등석으로 차표를 두 장 끊는다.

이등석을 사려다 "언제 일등석을 타 보겠나?"라는 생각과 함께 돈은 좀 들더라도 어차피 호텔비라 생각하면 된다는 생각에 3,114바트(약 106,000원)를 냈더니 얼마인가를 다시 돌려준다.

나중에 표를 보니 1,557바트는 아래쪽 침대 값이고, 위쪽 침대는

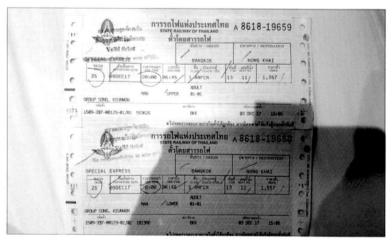

방콕에서 농카이 가는 일등칸 기차표

8. 어리석은 사람만이 누릴 수 있는 즐거움

1,357바트(46,000원 정도)이다. 침대 아래 위의 값이 조금 다른 것이다.

예상보다 200바트(7,000원 정도) 싸게 산 듯하여 기분이 좋다.

여기에서도 조삼모사가 통하나?

비싸게 불러 놓고 깎아 주면 사람들이 더 좋아하는 심리와 똑같은 걸 보면 나도 참 어리석은 사람이다.

그 이유를 천착하면, 비싼 물건을 싸게 손에 넣었다는 기분 때문에 기분이 좋은 것이다. 사실은 제값을 다 받은 것인데도 불구하고 말이다.

만약 제값을 불러 제값에 샀으면 그저 덤덤했을 거다.

그러니 어리석은 사람만이 이런 즐거움을 얻을 수 있는 것이다.

앞으로는 버스를 안 타고 집으로 걸어 왔을 때, 버스비를 벌었다고 생각하지 말고 택시비를 벌었다고 생각해야겠다. 그래야 더 즐거울 것이니!

조금이라도 더 즐겁게 사는 것이 좋은 것 아닌가!

태국 방콕

9. 잘못된 의식

2017년 12월 3일(일)

이제 표를 샀으니 어리석은 즐거움은 그만 누리고, 이 부근의 민정을 살펴야 할 때다.

역 밖으로 나오니 툭툭이 운전수들이 툭툭이 타라고 성화다.

간신히 이를 물리치고, 역 앞 길을 건넌다.

방콕의 빌딩

길 건너며 저쪽 편을 보니 마치 무너져 내린 듯한 건물이 보인다. 특이한 예술품이다.

예술적인 물건임은 틀림없겠으나, 저런 건물에 사람들이 들어가 살지 모르겠다. 곧 무너질 것 같으니까.

여하튼 사람의 창작 의욕은 대단한 것이다.

무엇인가 남과 다르다는 것을 보여

8. 어리석은 사람만이 누릴 수 있는 즐거움

방콕: 후알람퐁 역 앞

주어야 하겠기에 예술가들은 고달픈 삶을 산다.

건널목을 지나니 이곳은 번화가하고는 거리가 멀다. 우중충한 집들과 한자로 된 간판이 보일 뿐이다.

한자로 된 간판들이 있는 것을 보니 이곳이 차이나타운인 모양이다.

지도를 보고 근처의 절을 찾는다.

이곳도 불교 국가이니 절 구경을 해야 할 것 아닌가! 여기까지 왔는 디…….

조금 가니 오른편으로 노란 황금색 뾰족 탑이 보인다.

절 앞 담장에는 왓 트라이밋 위타이야람 워라 위한(Wat Traimit Witthayaram Wora Wiharn)이라고 적혀 있다.

절로 들어가 본다.

태국 방콕

절 앞에는 차들이 세워져 있고, 절에 들어가 보려 하니 입장권을 끊어 오라고 한다.

매표소에 가니 "4층에 있는 황금 부처를 뵈려면 40바트(1,400원 정도)를 내야 하고, 2,3층에 있는 전시물을 보려면 100바트(3,500원 정도)를 내야 하며, 이 둘을 다 보려면 140바트(5,000원 정도)를 내라!"는 글씨가 크게 쓰여 있다.

절 구경하는데 돈을 의무적으로 내야 한다니. 이곳 스님들의 수양이 덜 된 것 같기도 하고, 아니면 서양의 천민자본주의의 적폐가 여기 스님들을 물들여 타락시킨 것 같기도 하고…….

왓 트라이밋

8. 어리석은 사람만이 누릴 수 있는 즐거움

무릇 종교시설이란 누구든 자유롭게 받아들여야 하는 것 아닐까? 외국인이든, 다른 종교를 믿는 사람이든, 범죄인이든, 남자든 여자든, 나아가 강아지든 고양이든.

개는 되고 사람은 안 되고, 남자는 되고 여자는 안 되고, 내국인은 되고 외국인은 안 되고, 이런 차별이 심한 나라가 이곳 소승불교 국가들이다.

부처 가르침의 진수는 평등인디……

내 보기에 여기 스님들이 성불하려면 아직도 멀었다. 그저 불쌍한 중생에 불과할 뿐이다.

그런데도 여기 스님들은 존경을 받는다. 왜일까?

무엇이 그렇게 만들었을까?

수세기에 걸친 종교에서의 집단 최면에 그저 사람들은 그러려니 할 뿐이다. 어리석은 중생들이 '잘못된 의식(false consciousness: '잘못된 의식'이란 자기 자신에게 손해가 되는 데도 불구하고, 아무런 비판 없이 그것을 따를 때의 어리석음을 지적하기 위해 파렌티(Parenti)가 사용한 말이다. 현대사회의 소비주의(consumerism)가 대표적인 예이다)에 사회화된 것 아닐까?

잘못된 방향으로 인도하는 종교의 힘은 무서운 것이다.

평등이 부처님의 가르침이라는 본질을 벗어나 스님들이 특권을 누리게끔 만들어 버리는 잘못된 의식화, 이걸 깰 큰 스님은 정녕 없는가?

괜히 불교 국가에 와서 쓸데없는 망상만 늘어놓고 있다.

여하튼 이런 생각 때문에 돈을 내고 들어가 볼까 하다가 관두고 건물 외양만 구경한다.

나로서는 절의 외양만 보아도 좋다.

태국 방콕

중국인 촌을 나타내는 문

　돈이 없어서가 아니다. 외양만 보고도 본질을 파악하는 눈을 기르려면, 가끔 이런 훈련도 필요한 것이니까. 게다가 돈도 절약되는 것 아닌가!

　절에서 나와 길 끝을 보니 중국인촌이라는 것을 표시해주는 붉은 기둥 위에 누런색 기와를 얹은 지붕을 머리에 인 커다란 문이 보인다.

8. 어리석은 사람만이 누릴 수 있는 즐거움

10. 남의 불행을 보고 자신을 위로하다니!

2017년 12월 4일(월)

오늘은 태국 왕궁을 구경하러 간다.

월남뽕 역에는 9시 56분에 도착했다.

전철역에서 나오자 역시 오늘도 툭툭이 타라고 달라붙는다.

툭툭이 기사 왈,

"왕궁에 가는 거라면 짜오프라야(Chaophraya) 강에서 배를 타고 가셔야 합니다."

"......."

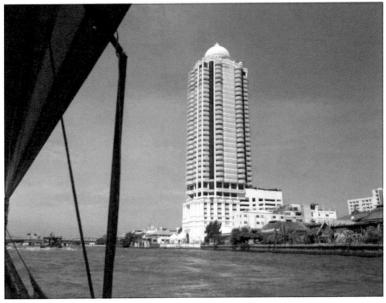

짜오프라야 강 풍경

태국 방콕

"선착장까지는 30바트밖에 안 됩니다."

지도를 보여주며 열심히 설명한다.

툭툭이를 타니 이름도 없는 골목으로 들어가 강가에 있는 선착장으로 데려간다.

선착장에서는 수상시장(floating market)과, 여명의 사원이라는 와트 와룬(Wat Warun) 등을 한 시간 반 동안 둘러보고, 왕궁 앞에 데려다 준다며, 3,000바트(약 105,000원)를 내라고 한다.

"말도 안 되는 소리!"

"얼마면 되겠냐?"

쳐다보지도 않고, 손을 내젓는다.

그러자, 계산기에서 2,000을 찍어 보여준다.

"너무 비싸!"

고개를 흔든다.

그러자 이제는

"1,500 바트를 내세요."

한다.

표 파는 친구는 여럿 있다. 각각 태워 주는 배가 다른 듯하다. 다른 친구가 얼마를 받는지 관찰한다.

그러면서 벽을 둘러본다.

가격표가 붙어 있을 리 만무이다. 완전히 외국인 봉 씌우는 곳이다.

"너무 비싸. 안 타!"

그리고는 밖으로 나오는 시늉을 하니, 나가라며 잡지도 않는다. 자슥들!

10. 남의 불행을 보고 자신을 위로하다니!

밖으로 그냥 나오는데 우릴 데려온 툭툭이 운전수가 우릴 잡는다. 손바닥에 1,200을 써 보이면서,

"이건 태국 사람 표 값인데, 이 가격에 내가 사 줄 게요!"

"노! 1,000"

단호하게 말한다. 그렇지만, 이것도 너무 많이 주는 거 아닐까라는 생각이 든다.

표 파는 친구가 잡지 않은 이유를 알겠다. 툭툭이 운전수가 가지 않고 기다린 건 커미션을 받기 위한 것이다. 30바트에 손님을 유인하여 선착장에 인계해 주고는 아마도 커미션을 받는 듯하다.

내가 배를 안 탄다며 나오니, 애가 다는 것은 툭툭이 운전수다.

결국 1,000바트에 배를 태워 주겠다며, 1,000바트(약 35,000원)를 받

짜오프라야 강 풍경: 왓 칼라야나밋 워라마하위한

태국 방콕

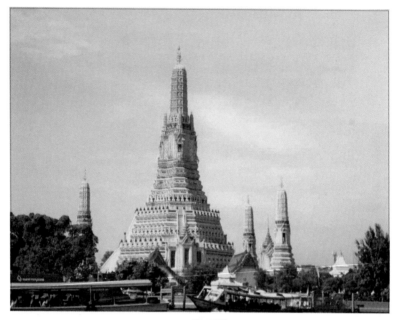

왓 아룬

아 들고는 보트로 데려가 우리를 태운다.

사공은 짜오프라야(Chaophya) 강을 거슬러 올라가기 시작한다.

바람이 시원하다.

강 주변 풍경은 우선 판잣집들이 눈에 띤다.

강 왼편으로 왓 칼라야나밋 워라마하위한(Wat Kalayanamit Woram ahawihan)이라는 절이 보이고, 관공서 비슷한 것도 있고. 그 위쪽으로는 왓 아룬(Wat Warun)이 눈에 들어온다.

참으로 아름다운 흰색의 쩨디가 있는 사원이다.

그렇지만 사공은 배를 대지 않고 계속 직진을 한다.

10. 남의 불행을 보고 자신을 위로하다니!

그러더니 왕궁 근처에 배를 대고 내리란다. 다 왔다면서!

"노! 수상시장도 안 가고, 절도 안 가지 않았느냐?"

우리는 내리지 않고 버틴다.

사공은 전화를 꺼내 표 판 사람에게 전화를 건다.

그러자 배를 돌려 되돌아간다. 되돌아가거나 말거나 시원한 강바람을 쐬며 강안(江岸)을 감상한다.

원래 선착장 같지도 않은 선착장으로 되돌아오니 이제 내려서 돈 받은 놈과 싸워야 할 판이다.

별로 원치 않는 싸움인데, 말도 안 통하고 우찌해야 할까 머릿속으로 한참 궁리를 한다.

왓 라캉

태국 방콕

시리라야 대학병원

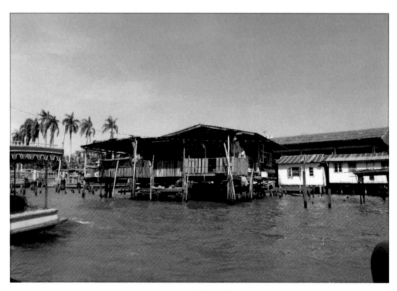

수상가옥

10. 남의 불행을 보고 자신을 위로하다니!

그런데 내리라고 하지는 않고 다른 손님 하나를 더 태운다. 그리고는 다시 강을 거슬러 올라간다.

그래도 왓 아룬에는 정박하지 않고 그냥 지나간다.

왼편으로 왓 라캉(Wat Rakang)이라는 절이 나타나고, 조금 더 가니 아파트먼트(Apartment)라는 큰 간판이 보이고 그 옆으로 시리라야 호스피탈(Siriraj Hospital)이라는 대학병원의 고층건물이 보인다.

대학병원을 지나 왼쪽 강의 지류로 들어간다.

여기에서 오른쪽으로는 붉은 기둥을 세운 문이 있는 선착장이 있고 수상가옥도 보인다.

그 옆으로 조금 더 가면 다리가 나오고 소형 군함들이 정박해 있다.

다리 밑을 지나 계속 간다.

왓 수완나람

태국 방콕

왼편으로는 불상과 절이 보인다. 왓 수완나람(Wat Suwannaram)이라
는 절이다.

사공에게 어디로 가느냐고 물어보니 수상시장이라고 한다.

둘러보아야 기대했던 수산시장은 없다. 단지 저쪽에서 물건을 싣고 노
를 저으며 오는 배 두 척만 보일 뿐이다.

"이게 수상시장인가?"

물어보니

"아직 수상시장이 열리지 않았시유!"

라고 한다.

그리고는 다시 강을 되돌아간다. 그러더니 왕궁으로 가는 길목의 선착

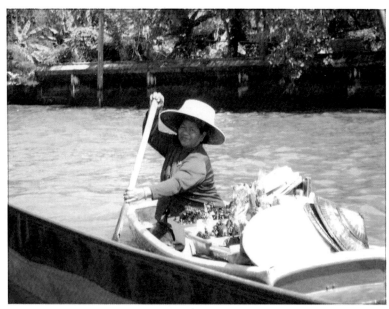

짜오프라야 강: 수상시장

10. 남의 불행을 보고 자신을 위로하다니!

장에서 내리라 한다.

결국 보고 싶던 절에 내려 구경은 못하고, 수상시장도 제대로 못 봤으나, 약 한 시간 반 동안 강바람은 실컷 쐬인 셈이다.

더 이상 따지지 않고 선착장으로 내린다.

그냥 강에서 바라본 사원 풍경으로 만족할 수밖에 없다. 만약 왓 아룬 사원에 내려놓고 그냥 가 버리면 어찌 방법이 없을 듯해서 굳이 사원에 정박하라고 말하지도 못한 것이다.

배에서 내리니 선착장에 있는 녀석이 20바트를 내라고 한다.

"무슨 돈이냐?"

"이곳 선착장은 개인 거니까 하선비를 내야 한다."

"뱃삯을 줬는데, 거기에 포함된 거 아닌가?"

"아니다. 돈 내라!"

우릴 싣고 온 배는 벌써 저 멀리 떠나 버렸으니 더 이상 따질 수도 없다.

완전 날강도다.

귀찮아서 그냥 20바트 주고는 선차장과 연결된 골목으로 나간다. 뒤이어 따라 나온 백인 젊은이는 30바트 냈다고 투덜거린다. 우린 20바트 줬는데! 이놈들이 사람보고 제멋대로 돈을 받는 모양이다.

백인 젊은이보다 10바트 덜 줬으니 그나마 위안이 된다.

남의 불행을 보고 자신의 불행을 위로하다니, 나도 참! 속물을 벗어나진 못한 모양이다.

그냥 픽, 웃음이 난다.

골목에서 나와 큰길로 나서긴 했는데, 왕궁이 어디에 있는지는 모른

태국 방콕

다.

지나가는 흑인 젊은 부부에게 길을 물으니 가르쳐 준다. 이들에게 배 타고 왔느냐고 물어보니 배 타고 왔단다. 얼마 주었는가 물어보니 1,800바트를 줬다고 한다.

우린 1,000바트 줬으나 말은 안 한다. 괜히 말해서 상대방 기분 나쁘게 만들 이유가 없으니까!

역시 속으로만 "우리가 싸게 왔구나. 돈 절약했다. 오늘 점심은 잘 먹어도 되겠다."라고 생각하며, 그나마 위안을 삼는다.

남의 불행을 보고 자신을 위로하다니!

나쁜 짓을 한 놈은 따로 있는데, 나쁜 짓을 당한 다른 사람의 더 큰 피해를 기준으로 자신을 위로하는 어리석은 신세에서 아직도 벗어나지 못하고 있다니!

쯧쯧.

10. 남의 불행을 보고 자신을 위로하다니!

11. 지가 째려봐야 석상인 걸!

2017년 12월 4일(월)

벌써 12시이다.

왕궁 쪽으로 가다 보니 칠보로 단장한 듯한 커다란 쩨디들이 눈에 띈다.

일단 그쪽으로 방향을 잡는다.

왕궁 안에 왓 프라 께우(Wat PhraKkaew)이라는 왕궁 사원이 있다더니 그것인 모양이다. 그런데 나중에 알고 보니 이것은 왕궁 옆에 있는 왓 포(Wat Pho)라는 절이다. 이 절은 왓 프라 쩨투폰(Wat Phra Chetu

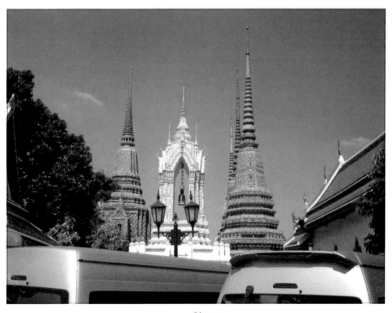

왓 포

태국 방콕

phon)이 공식 명칭이다.

하얀 벽을 따라 가다 보니 옆으로 문이 있다,

100바트(3,500원 정도)라는 거금의 입장료를 내고 들어간다.

이 절은 태국의 역사와 문화적 가치가 매우 높은 곳이다. 곧, 태국의 문화 예술, 학문이 집결되어 있는 곳이기도 하고, 태국 국민들뿐만 아니라 불교를 믿는 사람들이 숭배하는 종교적으로도 의미가 깊은 곳이다.

이 절은, 태국의 현 왕조인 차크리 왕조(Chakri Dynasty)의 라마 1세가 왓 포타람 사원을 복원하고 증축한 것으로서 라마 1세의 전용 사원

왓 포의 쩨디   왓 포의 쩨디

11. 지가 째려봐야 석상인 걸!

으로 사용되었는데, 라마 3세 때 16년에 걸쳐 대대적으로 복원하고, 남쪽 구역과 현재 거대한 와불이 있는 서쪽 구역을 확장하였다(참고로 2017년 현재 태국 왕은 라마 10세이다).

일단 입구로 들어서서는 왼쪽으로 간다.

왜 왼쪽으로 갔냐구?

그야 우선적으로 눈에 띈 거대한 불탑 때문이지!

사람들은 눈에 들어오는 것부터 관심을 가지는 습성이 있다. 대웅전 안의 부처님보다도 밖에서 보았을 때, 신기한 것, 큰 것, 번쩍 번쩍거리는 것 등 눈에 들어온 것부터 관심을 가지는 것이다.

어찌 보면 본질보다도 외양이 먼저 눈에 들어오는 것이다. 그리곤 외양이 곧 본질이라 생각하는 경향이 있는 것이다. 반드시 그런 것은 아닌데……

사람들이 외출할 때 잘 차려 입고 나가는 이유도 마찬가지이다.

겉모양과는 상관없이 그 속을 볼 수 있는 눈을 가진 사람들을 우리는 지성인이라 부른다. 이들은 속을 보지 못하고 겉에 집착하는 어리석은 중생들을 계도해야 하는 막중한 사명을 띤 사람들이다.

그저 일반사람들이야 겉을 보고 속을 보지 못한다 해도 크게 나무랄 바 못 되지만, 지성인이 제 몫을 못한다면 그것은 하늘에 큰 죄를 짓는 것이다.

더욱이 어린 중생들을 제도하지 않고 오히려 이를 이용하는 나쁜 습성을 가진 일단의 사람들이 있다.

다 그런 것은 아니지만, 일부 정치인들과 그들에게 빌붙어 아양을 떠는 일부 지식인들이 그러하다. 으~. 천벌을 받을 진저!

태국 방콕

왓 포의 석상

왓 포의 석상

11. 지가 째려봐야 석상인 걸!

어찌되었든, 난 일단 눈에 띈 것부터 구경하러 발걸음을 옮긴다. 그러기 위해서는 또 다른 담장 안으로 들어가야 하는데, 입구에는 갓을 쓰고 긴 몽둥이를 두 손으로 딱 짚은 채 눈을 부릅뜨고 째려보는 두 개의 중국인 거인 석상이 있다.

그 표정이 재미있다.

"지가 째려봐야 석상인걸!"

이 석상 말고도 처음 표를 사가지고 들어온 문 앞에는 대머리에 지 키보다 더 큰 칼인지 몽둥이인지를 든 화려한 옷을 입은 석상이 지키고 있다.

이 석상은 돌로 만든 것도 있고, 석고로 만든 것도 있는데, 원래는 돛단배의 신(범신: 帆神)으로 배가 흔들리지 않도록 배 밑바닥에 놓은 바닥짐으로 사용된 것인데, 라마 3세의 명령으로 여기에 설치한 것이라 한다.

이 절에는 중국인 석상만 있는 것이 아니다. 약 왓 포라는 태국의 거인 석상도 있다.

왓 포 지킴이 약 왓 포

여기서 '약'이란 거인이란 뜻이다.

이 석상은 마치 도깨비처럼 생긴 석상이다.

때로는 붉은 얼굴, 푸른 얼굴, 또는 녹색 얼굴에 외뿔 달린 황금색 모자를 쓰고, 온 몸은 황금빛, 또는 오색찬란한 옷을 입고, 도깨비방망이 같은 것을 장갑 낀 두 손으로 꼭 잡고서는 이 절을 지키고 있다.

이 태국 도깨비 거인 석상은 짜오프라오 강을 사이에 두고 왓 포와

태국 방콕

마주보고 있는 절 왓 아룬의 지킴이인 약 왓 아룬과의 사이에 싸움터가 된 타 띠엔(Tha Tien)이라는 지명과 관련이 있다.

'타 띠엔'에서 '타'는 '땅'이라는 뜻이고, '띠엔'은 '판판하고 헐벗다'라는 뜻이어서 '판판하고 헐벗은 땅'이라는 뜻이라는데, 왓 아룬의 선착장 이름이 된 데에는 이들 태국 도깨비들이 관련되어 있다는 것이다.

곧, 왓 포 지킴이 약 왓 포와 왓 아룬 지킴이 약 왓 아룬은 원래 동고동락하던 절친한 친구 사이였다는데, 어느 날 약 왓 포가 약 왓 와룬에게 돈을 빌리고도 약속 날짜에 돈을 갚지 않자 이들 사이에는 큰 싸움이 벌어졌고, 이들의 싸움에 그곳의 나무와 풀들이 모두 밟혀 죽고 땅은 판판하고 헐벗은 마당이 되어 버렸다 한다.

그래서 왓 와룬으로 들어가는 선착장 이름이 타 띠엔이 되었다 한다.

이 싸움이 엄청 커지고 소란스러워지자 프라 이스완(Phra Iswan) 신이 개입하여 이 두 지킴이들을 석상으로 만들어 버렸다는 전설이 전해진다.

여기서 중요한 것은 '타 띠엔'이라는 지명의 유래보다는 '친구 사이에는 돈 거래 하지 말라'라는 교훈이다. 돈이 친구 사이를 갈라놓는 것이니.

교훈은 교훈이고, 아마도 읽는 분들께서는 이 싸움에서 누가 이겼는가가 더 궁금하실 거다.

그렇지만, 요건 나두 모른다.

안으로 들어가니 4개의 거대한 불탑인 쩨디가 모습을 드러낸다.

이 4개의 쩨디는 프라 마하 쩨디 씨 랏차깐이라는 긴 이름을 가진 것인데, 태국과 중국의 건축 양식이 어우러진 것으로서 중국식 도자기 조각으로 장식되어 있다.

11. 지가 째려봐야 석상인 걸!

왓 포의 거대한 쩨디

높이는 모두 42미터이고 아유타 양식으로 지은 것인데, 이 4개의 불탑은 라마 1세, 2세, 3세, 4세를 기념하는 탑들이라 한다.

녹색 자기가 많이 붙어 있는 탑은 라마 1세가 아유타 왕궁에서 모셔 온 높이 16m의 프라 쓰리 싼펫이라는 입불상을 덮기 위해 만든 것인데, 프라 쓰리 싼펫 입불상 안에는 부처님의 사리가 들어 있다고 한다.

흰색 자기로 장식된 불탑은 라마 3세가 라마 2세에게 바치는 탑이고, 황색 자기로 뒤덮인 불탑은 라마 3세가 부처님께 바친 탑이다.

한편 청색 자기로 장식된 탑은 라마 4세가 부처님께 바치기 위해 만든 것인데, 죽기 전에 완성하지 못하고 라마 5세가 완성한 것이다.

라마 4세는 돌아가시면서 유언하길,

태국 방콕

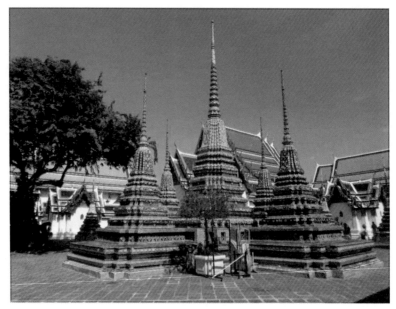

왓 포의 쩨디들

"계속 왕을 기념하기 위해 탑을 세운다면 공간이 부족할 것이다. 라마 1세부터 4세인 나까지는 서로 얼굴을 본 적이 있으니 서로 옆에 탑을 만들었지만 앞으로 다른 세대들은 계속 만들지 말라!"

라고 말씀하시는 바람에 더 이상 이런 거대한 불탑은 만들지 않았다고 한다.

11. 지가 쨰려봐야 석상인 걸!

12. 태국 학문의 원조가 된 절

2017년 12월 4일(월)

이 4개의 불탑을 완상한 후, 그 뒤에 있는 프라 몬듭이라는 건물로 들어간다.

이 건물은 라마 3세가 지은 것으로 사면이 박공지붕의 건축양식이며 윗부분은 관 모양인데, 역시 칠보 조각으로 장식되어 있다.

내부에는 3개의 씰라팃(절 안의 주요 건축물을 둘러싼 정자)이 있고, 아유타 시대 이후의 보물들, 예컨대, 불상, 중국 도자기, 태국식 오색 도자기 삼장경 장 등을 보관해 놓은 곳이다.

이 불탑 바깥쪽의 회랑 벽에는 인체의 혈(穴)자리를 그려 놓은 그림들

왓 포

태국 방콕

왓 포의 전통의학

이 있어 눈길을 끈다.

이런 그림들은 라마 3세가 "태국 전통 의학 지식을 석판에 기록하여 벽과 기둥에 붙여 놓아라!"라고 명령하여 만들어진 것이다.

또한 라마 5세는 왕립 의사에게 "팔리어와 산스크리트어로 된 의학서적을 태국어로 번역하여 태국 전통의학 경전 중 태국 마사지 경전과 함께 제작하라!"고 명령하였고, 그 결과 이 절에 이런 그림들이 생겨난 것이다.

이러한 것들을 바탕으로 1961년 왓 프라 쩨투폰(Wat Phra Chetuphon) 전통의과대학으로 설립인가를 받았고, 이곳에서는 일반인들에게 태국 전통 마사지 서비스를 제공하고 있다. 물론 돈을 받고!

뿐만 아니다. 마사지사들에게 마사지 자격을 인정하는 증명서를 발행

12. 태국 학문의 원조가 된 절

하기도 하고, 이 자격증을 줄 권리를 인정하는 증명서를 마사지 트레이너에게 발행해 주는 곳이다.

태국의 마사지가 그냥 유명해진 것이 아니란 걸 이제야 알았다.

뿐만 아니다. 이 절에는 전통 의학뿐만 제약서, 아니라 시 등의 문학작품, 역사, 종교, 관습, 언어학, 속담과 같은 것들을 금석에 기록하여 이 절 안의 건물과 대웅전, 불전, 회랑, 작은 정자 등에 남겨 놓음으로써 대중에게 공개하고 있으며, 2008년 유네스코의 세계기록문화유산에 등재되었다.

그러니 읽는 분들께서는 왓 포에서 불탑만 구경하시지 마시고, 반드시 벽면에 붙어 있는 석판의 그림들을 살펴보시기 바란다.

왓 포의 벽화

태국 방콕

왓 포의 카오 머

왓 포의 카오 르씨 닷똔

참고로 이 절 서쪽 편에는 왓 프라쩨투폰 학교가 동쪽 끝에는 전통 의과대학 건물이 자리 잡고 있다.

한편, 이 절 안에는 곳곳에 관상용 식물과 돌로 만든 카오 모(Khao Mor: 바위 정원)라는 정원이 있다.

이 정원에는 관상용 식물들을 심고, 탑과 중국식 가로등, 석상, 사자, 낙타 등 각종 동물들로 장식되어 있다.

그 가운데, 카오 르씨 닷똔이라는 정원은 서방 불전에 가까운 건강식 정원이다.

이 정원은 라마 1세가 "아유타 시대의 전통 의학과 학술 지식을 모아서 왓 포에 집결시키라."고 명령하실 때, "스님들이 정진할 때 근육이 뭉

12. 태국 학문의 원조가 된 절

치기 쉬우니. 뭉친 근육을 풀어 주는 자세를 보여주고 후세에 남기거라!"
라는 말씀에 따라 각종 물리치료 자세를 취하고 있는 수행자 석상을 만들
어 진열해 놓은 정원이다.

　이 석상들은 처음에는 점토로 만들었으나, 현재 있는 것은 라마 3세
때 주석, 납, 아연 등을 혼합한 '느아친'이라는 고대의 주조 방식으로 만
든 것이다.

　이 석상들이 보여주는 자세는 인도의 요가 수행자들이 취하는 자세와
일치한다. 원래 80개의 자세가 만들어졌지만, 현재 24개의 자세만 남아
있다.

　이를 볼 때, 왓 포는 태국 학문의 원조인 셈이다.

왓 포의 와불상

태국 방콕

왓 포의 와불상: 머리 부분

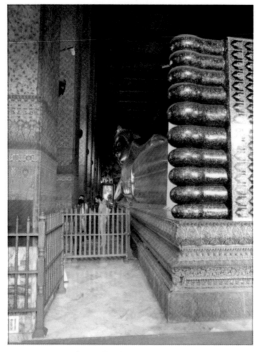

왓 포의 와불상: 발바닥 부분

이제 태국 전 국 민들이 숭배하는 누 워 있는 황금 부처님 을 보러 불전으로 들 어간다.

이 와불은 랏따 나꼬신 시대의 와불 상으로 인기가 최고 인, 가장 아름다운 와불상 중의 하나이 다.

이 와불상 때문 에 왓 포를 중국인들 은 와불사라고 부른 다.

와불은 부처님이 열반에 드시는 모습 을 표현한 것이라 한 다.

인기가 많은 만 큼 줄이 길게 늘어서 있다.

들어가 보니 높

12. 태국 학문의 원조가 된 절

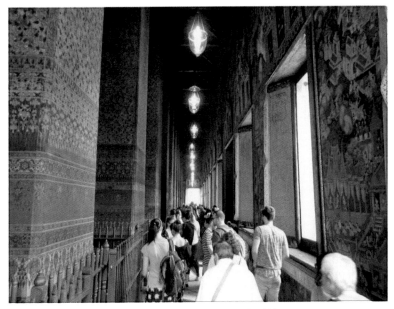

왓 포의 와불상 통로의 벽화

이가 15m, 길이가 46m인 와불상이 놓여 있다. 발바닥 높이는 3m이며, 발바닥에는 108개의 상서로운 무늬가 자개로 새겨져 있다.

방콕에서 제일 큰 와불이고, 태국에서 세 번째로 큰 와불이다.

이 부처님의 누워 있는 자세는 태국말로 '씨아사이얏'이라 하는데, 이는 "사자처럼 누워 있다."는 뜻이란다.

이 와불상이 만들어진 것은 라마 3세가 "이 절에 다양한 불상들이 있지만, 누워 계신 부처님은 없구나!"라고 한마디 하시자, 밑에 사람들이 서둘러 만들었다고 한다.

길게 늘어선 줄이 잘 안 줄어드는 이유는 이 부처님을 사진에 담아가려고 포즈를 취하며 사진기를 몇 번씩 누르는 사람들 때문이다.

태국 방콕

82

어찌되었든 이 부처님을 찾아뵈면, 평안과 안락이 찾아온다고 한다.

이 와불상으로 가기 위한 통로에는 벽화가 그려져 있고, 이 와불상 뒤로 돌아가면 금으로 된 배불뚝이 화상의 조각도 있다.

또한 두 개의 베개를 베고 누워 계신 부처님의 뒤통수도 볼 수 있다.

뒤통수에는 다슬기 같은 것이 많이 박혀 있는데, 부처님 머리카락을 표현해 놓은 것이라 한다. 곧, 소라 모양의 이런 머리카락을 불가에서는 나발(螺髮)이라 한다.

그렇다면 부처님이 곱슬머리였나?

와불상: 부처님 뒤통수

부처님은 출가하면서 삭발을 했다고 하는데, 왜 이런 식으로 머리카락을 만들어 놓았을까? 박박 밀지 않구?

자현 스님의 〈작정하고 재미있게 쓴 에피소드 인도〉라는 책을 보니 부처님 머리가 이렇게 된 데에는 다음과 같은 사연이 있다.

12. 태국 학문의 원조가 된 절

　부처님 상을 조각하는 사람들이 고민한 것은 성불하신 부처님 머리를 감히 일반 스님들 머리처럼 표현할 수는 없고, 어찌할까 생각하다가 처음에는 출가 전의 머리 스타일로 표현하기로 했다.

　그래서 나온 것이 소위 '똥머리'라고 하는 스타일이었다고 한다. 곧, 젊은 싯다르타의 머리는 상투를 튼 모습이었다고 하여 상투 튼 머리로 만들었는데, 이를 황금으로 포장해 놓으니 위에서 보면 마치 똥 모양 같다고 하여 '똥머리'라 불렸다 한다.

　그래서 초창기 부처님의 머리는 거대한 똥머리가 되었다는데, 세월이 흐르면서, 이런 거룩한 사연을 모르는 사람들이 "부처님은 왜 삭발을 안 했냐?" "왜 부처님 머리는 똥머리냐?" 등등 말이 많아지자, 과감히 거대한 똥머리를 없애고, 머리카락이 있는 둥, 없는 둥 표현할 방법을 찾아 지금의 파마 머리 모양이 되었다고 한다.

　이를 볼 때, 유명하신 분을 기릴 때에는 참 말도 많고, 표현하기도 힘들다는 걸 알 수 있다.

태국 방콕

13. 왓 포의 불상들

2017년 12월 4일(월)

와불상을 보고 나와 이제 이 절의 대웅전 쪽으로 향한다.

다시 담장을 넘어 가면, 아까 본 큰 탑은 아니지만, 화려한 도자기 조각으로 장식한 쩨디들이 많이 나타난다.

대웅전을 둘러싸고 있는 담장의 안팎으로는 길게 회랑이 이어져 있는데, 이를 프라 라비앙이라 한다.

여기에는 안쪽은 150분, 바깥쪽은 255분의 다양한 모습의 불상들이 모셔져 있고, 기둥에는 태국의 문학 작품과 건강관리를 위한 의학 지식들이 석판 100개에 제작되어 붙여져 있다.

이 화랑의 동서남북에는 불전(佛殿)들이 하나씩 있고, 동쪽 불전에는

왓 포: 프라 라비앙

13. 왓 포의 불상들

두 분의 부처님이, 서, 남, 북쪽 별전에는 한 분의 부처님이 모셔져 있다.

각 불전의 부처님들은 각각 이름이 있고, 자세가 다 다르다.

동쪽 불전의 본존 불상은 프라 붓다 록까낫이라 부르며, 아유타의 왕궁 사원인 왓 프라 시 싼펫에 있던 불상을 모셔 온 것이다.

이 불상은 서 있는 부처님인데, 부처님의 유골인 사리가 들어 있다고 한다.

한편 동쪽 불전에 있는 또 하나의 불상은 프라 붓다 마라위차이라고 부

왓 포 동쪽 불전: 프라 붓다 록까낫

왓 포 동쪽 불전: 프라 붓다 마라위차이

태국 방콕

왓 포 남쪽 불전: 프라 붓다 친나랏

르는 좌불상이다.

이 불상에는 다음과 같은 설화가 전한다.

부처님께서 포 나무 아래에서 성불하시는 동안 프라 아왓사와디 마왕이 이를 방해하였으나 부처님은 꿈쩍도 않으셨다. 이 마왕은 악마의 무리들을 이끌고 부처님을 살해하려 하였으나……. 결과는 프라 아왓사와디가 굴복하고 도망쳤다는 설화가 전해 내려온다.

남쪽 불전에는 프라 붓다 친나랏이라는 불상이 본존불이다. 앉은 자세의 좌불이며, 왼 무릎에서 오른 무릎까지 2.85m, 높이는 3.72m이다.

이 불상의 특징은 네 손가락의 길이가 같다는 수코다이 양식의 불상이다. 그 앞에는 다섯 비구니의 상이 놓여 있다. 도솔천에서 어머니를 위해 설법하고 있는 것을 표현한 것이다.

13. 왓 포의 불상들

  서쪽 불전의 본존 불상은 프라 붓다 친나씨인데, 뒷면에는 용과 무찰린다 나무(인디언 오크 Indian Oak)가 그려져 있다.

  이 불상은 부처님께서 깨달음을 얻으시고 해탈의 기쁨을 누리실 때, 당시 건기임에도 불구하고 비가 7일 동안 쏟아졌다고 한다.

  이때 무찰린다(Muchalinda) 용왕이 부처님을 보호하기 위해 커다란 덮개를 펴서 부처님의 몸을 일곱 겹으로 감싸고 부처님 머리를 덮음으로써 더위, 추위, 햇빛, 바람, 비를 피할 수 있도록 하였던 것을 표현한 것이라 한다.

  부처님께서 삼매경에서 깨어나시자 하늘이 맑게 개었고, 이 용왕은 또아리를 풀고 젊은이의 모습으로 변하여 부처님께 합장하고 절을 올렸다고 한다.

  북쪽 불전에는 프라 붓다 빠리라이라는 불상이 모셔져 있는데, 그 앞에는 코끼리가 물병을 코로 말아서 부처님께 드리고, 원숭이가 벌집을 부처님께 바치는 모습의 동상이 같이 조성되어 있다.

  이 불전을 통해 들어가

왓 포: 구멍난 불탑

태국 방콕

왓 포 대웅전

보니 자그마한 공터가 나오고 이곳에는 구멍이 숭숭한 불탑들이 몇 개 놓여 있다.

왜 구멍을 뚫어 놓았을까?

이유는 잘 모르겠으나 바람이 잘 통하니 시원하기는 하겠다.

이곳을 지나 본전인 대웅전으로 들어간다.

대웅전은 라마 1세에 의해 아유타 후기 건축양식에 따라 지어졌고, 라마 3세 때 증축되었다.

여기에 안치된 부처님은 라마 1세에 의해 프라 붓다 테와빠띠 마낀이라는 이름이 붙여졌는데, 이는 '천신이 만든 불상'이라는 뜻이라 한다.

이 불상 앞에 흰옷을 입은 신도들이 무엇인가 의식을 행하고 있다.

13. 왓 포의 불상들

14. 내가 배고픈 부처님인가?

2017년 12월 4일(월)

왓 포를 나와 이제 왕궁으로 간다.

벌써 1시가 넘었다.

밖으로 나오니 맞은편에 노란색의 지역방위사령부(Territorial Defence Command) 건물이 보인다.

그 길 건너로는 사란롬 공원(Saranrom Park)이 있는데 왕궁 쪽으로 들어가는 길에서는 검문을 하고 있다.

일단 배가 고프다.

사란롬 공원

태국 방콕

태국 왕궁 담벼락

왕궁으로 가면 잘못하면 점심을 굶을 것이니 무엇인가 먹고 가야 한 다.

지나는 사람에게 음식점을 물어보니 적어도 공원 옆길을 따라 적어도 15분 이상 걸어가야 한다고 한다.

그러면 왕궁에서 점점 멀어지는데……

한편 공원 앞에서는 음료수와 먹을 것을 팔고 있다.

그 옆으로 지나면서, 길거리 음식을 사 먹기가 좀 그래서 망설이고 있는데 달걀이 든 봉지를 준다. 돈도 안 받고!

손짓발짓으로 그냥 먹으면 된다고 한다.

왜 이런 걸 공짜로 주나?

14. 내가 배고픈 부처님인가?

내가 배고픈 부처님인 걸 알고 나에게 공양하는 것인가? 우찌 알고?

나중에 짐작한 일이지만, 오늘이 작년에 돌아가신 태국 국왕의 장례식하고 관련된 무슨 날인 모양이다.

요런 짐작을 한 이유는 계속 읽어보시면 안다.

여하튼 부처님이 주시는 거니까 감사히 먹어야 할 의무가 있다.

달걀이 4개 든 봉지를 받아 들고는, "고맙다. 잘 먹을 께!" 하고는 공원으로 들어가서 달걀 껍질을 까 주내와 노나 먹는다.

양이 차지는 않지만 그런대로 허기는 메운다.

들고 간 물병의 물을 마시고, 귤까지 하나 까먹으니 일단 아쉬우나따나 요기는 되었다.

이제 왕궁으로 전진하자.

검문대를 통과하니 하얀 간호복을 입은 여자들이 응급 약품을 놓고

태국 왕궁 담벼락 너머의 왓 프라 께우 사원의 프랑들

태국 방콕

태국 왕궁 담벼락 너머의 왓 프라 께우 사원

천막 속에 앉아 있다.

보니 혈압계가 있다. 오랜만에 혈압을 재 본다. 정상이다.

그러자 붉은색 주스를 한 잔 준다. 이것도 공짜다! 역시 감사히 받아 마신다.

공원 쪽으로는 까마귀가 분수에서 나와 흐르는 물을 마시고 있다.

길 건너편으로는 하얀 색 담벼락이 길게 늘어서 있고, 들어가는 문이 군데군데 있으며, 담 너머로는 여덟 개든가 프랑(크메르식 불탑)이 나란히 서 있는 것이 보인다.

저 담이 10m 높이의 왕궁 담인데 길이는 1.9km라고 한다. 곧, 왕궁과 왓 프라 께우라는 왕실 사원이 이 담 안에 있는 것이다.

14. 내가 배고픈 부처님인가?

왕궁 앞길은 검문소에서 통제를 하기 때문에 오늘은 차가 지나다니지도 않는다.

오른편으로는 노란색의 국방부 건물이 버티고 있다.

국방부 건물 맞은 편 왕궁으로 들어가는 문으로는 사람들이 들어가고 있다.

길을 건너 저 문으로 들어가면 왕궁을 볼 수 있는가 물어보니, 저 문은 왓 프라 깨우(Wat Phra Kaew)로 들어가는 사와시디-소파(Gate of Sawasdi-sopha)라고 부르는 내국인만 사용할 수 있는 문이라며, 이 담장을 빙 돌아가면 외국인들이 들어가는 문이 따로 있다고 한다.

흰 담 너머로 왕실 사원인 왓 프라 깨우(Wat Phra Kaew)의 쩨디와 프랑, 불전 등이 흰색 담과 조화를 이루며 위용을 자랑하고 있다.

국방부 건물 옆쪽으로는 흰 불탑이 보인다.

방콕 시 기둥을 모신 사당

태국 방콕

방콕 시의 신이 된 기둥

이것도 절인 모양이다. 일단 구경하고 가자.

안으로 들어가며 알아보니 이 절은 시(市)의 신(神)을 모신 사당 (Shrine of the City God)이다. 곧, 이 도시를 상징하는 두 개의 기둥을 모신 사당이다.

이 사당의 담벼락에 방콕시 기둥을 모신 사당(Bangkok City Pillar Shrine)이라는 팻말이 붙어 있는 이유이다.

저쪽 건물에는 이 나라 임금님의 대형 사진이 걸려 있고, 이 사당 안에는 커다란 황금빛 기둥이 두 개 있고, 여섯 개의 코끼리 이빨이 둘러싸고 있는데, 그 주위에서는 기도를 하는 사람들이 있다.

이 두 개의 황금빛 기둥이 이 도시를 상징하는 그래서 신으로 모셔지

14. 내가 배고픈 부처님인가?

는 기둥인 모양이다.

민간 신앙에 따르면, 이 기둥이 소원을 들어주는 힘을 가지고 있다고 한다. 그래서 사람들이 이 기둥 앞에 모여 기도를 하는 것이다.

원래는 라마 1세가 1782년에 톤부리에서 방콕으로 천도하면서 방콕 시를 건설할 때 세웠다고 하는데, 그 당시에는 기둥이 하나였었다고 한다.

이 기둥은 계수나무를 깎아 만든 것인데, 75cm 두께에 270cm 높이 였다고 한다.

이 기둥이 위 사진에서 보이는 왼쪽 기둥이다.

한편, 서구 열강들이 아시아 국가들을 침략하여 식민지로 삼던 시대에 방콕과 당시 샴의 다른 지역들을 수호하라고 세운 기둥이 1852년 라마 4세의 명령으로 세운 원래 기둥보다 조금 낮은 기둥이다.

위의 사진에서 보이는 오른쪽 기둥인데, 이 기둥 역시 계수나무를 깎아서 만든 것이다.

라마 1세가 세운 옛 기둥은 방콕의 위치와 경계선을 나타내 주는 문서를 가지고 있는 기둥인 까닭에, 나라를 수호하는 기둥으로서 새 기둥이 더 능력이 있다고 믿는다.

방콕과 나라를 수호하는 신으로서의 기둥을 모신 사당이 국방부 건물 옆에 있다는 것은 우연일까? 정말 그런 능력이 있는 걸까?

허긴, 이 기둥을 세울 때 라마 1세는 경사스런 날을 받아 경사스런 장소에 세웠다니 국방부 건물이 옆에 들어선 것은 우연인 듯하면서도 우연이 아닌 듯하다.

타이의 관습에 의하면, 새로운 도시를 건설할 때 제일 먼저 짓는 것이 시의 초석이 되는 기둥을 모시는 사당이라고 한다.

태국 방콕

따라서 태국의 큰 도시에는 그 도시를 수호하는 시의 수호신격인 기둥을 모시는 사당들이 있다고.

방콕 시의 신을 모신 사당에서 나와 길을 건너니 오른쪽으로는 태국 왕실 광장이자 화장터(crematorium)인 사남 루앙(Sanam Luang)이라는 왕실 공원이 보이고, 그 끝부터는 상가들이 줄지어 나타난다.

사람들은 바글바글한데, 상가에는 기념품 가게도 있고, 가방 가게도 있고, 아이스크림 가게도 있고, 물론 중국 음식점도 있다.

이럴 줄 알았으면 아까 좀 더 빨리 오는 건데…….

그래도 일단 조금 먹자. 금강산도 식후경이라는데, 왕궁과 왓 프라께우를 구경하기 전에 일단 무엇인가를 좀 더 먹어야 한다.

중국 음식점으로 들어가 볶음밥을 시켜 먹는다.

14. 내가 배고픈 부처님인가?

15. 미리 공부하고 갈 껄.

2017년 12월 4일(월)

그리곤 이제 길을 건너 왕궁으로 들어간다. 들어가는 문은 위셋 짜이스리(Wiset Chaisri)라는 문이다.

일단 들어서면 왼쪽으로 넓은 잔디밭이 나타나고 그 잔디밭 너머로 흰 담이 있고, 그 너머로 왓 프라께우가 한 폭의 그림을 연출한다.

오른쪽으로는 씨르킷 왕비 섬유박물관(Queen Sirkit Museum of Textiles)의 박물관이 있고, 그 다음으로는 임금님의 사무실(Office of His Majesty Principal) 등 관공서 건물이 있다.

왓 프라 께우

태국 방콕

방 파-인 궁전 입장권

왓 프라 께우 입장권

잔디밭 끝에도 관공서 건물이 있고, 그 맞은편에 재무부 건물이 있는데, 매표소는 여기에 있다.

매표소에서 500바트(약 18,000원)를 내미니 표를 두 장 준다. 하나는 왓 프라 께우로 들어가는 표이고, 하나는 방 파-인 왕궁(Bang Pa-In Palace) 관람표이다.

태국 제일의 관광지라서 그런지 입장료가 결코 싸지 않다. 태국 왕과

15. 미리 공부하고 갈 껄.

악수하는 것두 아닌디…….

나중에 알고 보니, 왓 프라 께우 사원으로 들어가는 입장권은 이 왕실 사원과 연결되어 있는 왕궁까지를 관람하는 표이고, 방-파인 왕궁 관람표 는 방 파-인 왕궁을 보는 표이다.

방 파-인 왕궁은 태국 황실의 여름 별장인 궁전으로 방콕에서 북쪽 64km 지점에 있는 차로 약 1시간 거리에 있는 궁전이다. 아유타를 관광 할 때 아침 일찍 출발하여 돌아올 때 들리면 된다고 한다.

그런데 이걸 모르고, 이곳에 있는 왕궁인줄 착각하여 '왜 이 표는 입 장할 때 안 뜯어 가지, 아마 잊어버린 모양이다.'라고 생각했었다.

나중에 여행에서 돌아와 자세히 보니 방 파-인 궁전 입장권에는 구입 후 일주일 내에 사용할 수 있다고 적혀 있다. 만약 이 표 없이 방 파-인 궁전으로 가면 100바트(약 3,500원)를 따로 내야 한다고 한다.

인터넷을 뒤져보니, 방파인 여름 궁전도 볼 만한 것을!

우리가 정보를 몰라 실수를 한 것이다. 바보같이!

미리 공부를 하고 갔으면 이런 불상사가 없을 텐데……. 미리 공부하 기 귀찮아서 그냥 현지에 가서 대충 관광지를 찾아 돌아다니자고 한 것이 그만, 방 파-인 궁전 입장권을 사 놓고도 모르고 그냥 지나가 버린 셈이다.

그렇다면 왜 이 입장권을 여기에서 같이 파누? 그냥 표 하나만 싸게 팔지. 괜히 표 하나를 더 줘 가지고는 쓰레기통으로 보내게 하다니. 이것 이 아직도 궁금증으로 남는다.

어찌되었든 방콕에서 태국 왕궁으로 가시는 분들은 필히 알아두어야 할 정보인 셈이다.

그리고 패키지여행 아니면, 반드시 공부하고 가시라!

태국 방콕

왓 프라 께우: 프라 씨 랏타나

왓 프라 께우 지킴이: 약

그건 그렇고, 2시 반, 표를 들고 드디어 왓 프라 께우로 들어간다.

왓 프라 께우는 에메랄드 부처님을 모신 왕실사원이다.

사람에 치이면서 안으로 들어가니 본당의 옆면이다.

왼쪽으로는 우선 커다란 황금색 쩨디가 불전과 함께 눈에 들어온다. 부처님의 진신 사리(갈비뼈)를 모시고 있는 프라 씨 랏타나라는 불탑이다. 그저 쉽게 황금탑이라고도 부른다.

절로 들어갈 때 좌우를 보면 우리나라 사천왕 격인 태

15. 미리 공부하고 갈 껄.

국의 거인 약이 도깨비방망이 같은 것을 들고 늠름하게 서 있는 것을 볼 수 있다.

그 앞으로 커다란 건물이 나오는데 우리나라 절의 대웅전에 해당하는 봇(Bot)이다. 이는 우보솟(Ubosot)이라고도 한다.

참고로 태국의 사원은 기본적으로 봇(Bot)과 위한(Viharn)이라는 두 가지 형태의 불당이 있는데, 봇은 수계식 및 참회식 등이 열리는 승려 중심의 법당이고, 위한은 일반 신도들을 위한 예배 공간이라 한다.

왓 프라 께우: 봇 앞의 불탑

왓 프라 께우: 봇의 기둥 장식

태국 방콕

왓 프라 께우: 대웅전 봇

이 봇은 에메랄드 불상을 모시고 있는 건물인 만큼 겉도 화려하다. 바깥 기둥과 벽에도 반짝이는 색색의 유리 보석들과 타일들로 장식되어 있다.

아니 에메랄드 불상은 진짜 에메랄드 부처님이 아니다. 무슨 말인고 하니, 이 불상은 에메랄드가 아니라 녹색 옥을 깎아서 만든, 높이 66cm, 폭 48.3cm의 불상인 것이다.

이 불상은 1434년 북부 치앙라이에 있는 한 사원의 무너진 탑 속에서 발견되었는데, 발견될 당시에는 흰 석고로 둘러싸여 있었다고 한다.

그런데 갑자기 벼락이 떨어져 석고가 벗겨 나가고 녹색의 빛이 뿜어져 나오는 바람에 녹색 옥을 깎아 만든 현재의 불상을 보게 되었다는데, 이를 처음 본 주지 스님이 에메랄드로 착각하여 그같이 부른 것이 지금까지 에메랄드 불상으로 알려진 연유이다.

15. 미리 공부하고 갈 껄.

이 불상은 이후 랑빵으로 옮겨져 보존되었다가, 1552년 루앙프라방 지역을 다스리던 라오스의 차이체타 왕에 의해 라오스로 옮겨 갔고, 그곳에서 226년 동안 보존되었다.

1778년 현 왕조인 차크리 왕조의 라마 1세가 된 차오 프라야 차크리 장군이 비엔티안을 점령하여 이 녹색 옥불을 전리품으로 가지고 와 왓 프라 께우에 안치함으로써 오늘날에 이르렀다.

태국 국왕은 일 년에 세 번 계절이 바뀔 때 마다, 그러니까 하기, 건기, 우기에 계절에 맞추어 이 불상에 승복을 친히 입혀 주는 예식을 치른다고 한다.

왜 임금님이 이런 예식을 하냐고?

그건 이 사원에 스님이 없기 때문이지. 아니 정확히 말해서 승방이 없고, 따라서 스님이 거주하지 않는 왕실 사원이기 때문이다.

좀 더 정확히 말해서, 라마 1세가 건축한 이후 이곳은 왕궁으로 사용되었던 곳으로서, 현재 왕궁은 따로 있지만 국가 공식 행사 시에는 임시 궁으로 사용하기도 하고, 왕실의 제사를 모시고 있는 왕실 사원이다. 따라서 관리도 왕실에서 한다.

그리고 모든 스님의 위에 계신 임금님이 해야지 뭔가 좀 더 그럴 듯해 보이지 않을까?

'봇'에 들어가려면 물론 신발을 벗어야 한다.

그렇지만 사진은 찍을 수 없다. 아니 쪽문 밖에서 찍을 수는 있는데, 찍어 보았자 컴컴한 건물 속의 부처님이 제대로 나올 리 있겠는가?

그러니 태국의 국보 1호인 에메랄드 부처님은 생눈으로 배알하는 것으로 만족해야 한다.

태국 방콕

16. 아는 게 별로 없으니, 할 말이 없다.

2017년 12월 4일(월)

그 앞의 황금색 쩨디 옆의 건물인 프라 몬돕(Phra Mondob)은 장서각으로 쓰이는 건물이라는데, 기둥과 지붕 모양이 특이하게도 생겼다.

라마 3세가 지은 건물이라는데, 박공지붕으로 사면을 둘러싸고, 다양한 도자기로 화려하게 뾰족한 지붕을 꾸며 놓았으며, 이를 여러 개의 기둥들이 받치고 있다.

이 안에는 라마 1세 때 지은 작은 도서관이 있는데, 불경들이 보관되어 있고, 건물 안에는 벽화가 그려져 있다.

태국은 누구나 알고 있듯이 불교 국가이다. 그냥 종교로서 믿음이나 신앙 활동에 그치는 것이 아니라, 태국 남성이라면 20세를 전후로 단기 출가를 하는 것이 사회적 통과의례(rite or passage)이다.

작년에 돌아가신 라마 9세인 푸미폰 국

왓 프라 깨우: 프라 몬돕

왕도 젊었을 때 단기 출가를 했다.

결혼할 때에도 신부 측 부모님이 새 신랑이 단기 출가를 했는지 여부를 따지는 경우가 많기 때문에 장가를 가기 위해서라도 단기 출가를 해서 불교 수행자로서의 삶을 경험해 보아야 한다고 한다.

우리나라에서 "남자는 군대를 갔다 와야 진짜 남자가 된다. 그것이 방위든 현역이든!"이라는 말처럼 태국에선 출가하여 수행

왓 프라 깨우의 프랑

을 해야 비로소 한 사람의 성인으로 대접을 받는다.

여기서 '방위든 현역이든!'이라는 말은 방위 출신을 위해 내가 괜히 해 본 소리이니 현역으로 제대하신 분들은 괘념치 마시라!

또한 출가수행을 해야 복을 받는다고 생각하기 때문에 부모님이 돌아가셨을 때 단기 출가를 하기도 하고, 직장 생활을 하다가도 언제든지 유

태국 방콕

왓 프라 께우: 회랑의 벽화

급휴가를 받아 단기 출가할 수 있는 제도적 장치가 마련되어 있는 나라가 태국이다.

또한 회랑의 벽에 그려 놓은 벽화 역시 대작이다.

이것만 보고 있어도 몇 시간은 지나갈 것이다. 허긴 이 벽화의 길이가 1,800m이며, 178개의 장면으로 이루어져 있다고 하니.

이 벽화는 힌두교의 라마 이야기를 각색한 것으로 알려져 있는데, 신이 태국 국왕들의 모습으로 내려와 나라를 다스리는 모습이라고 한다.

그러나 무엇보다도 사람들이 너무 많다. 외국인 관광객은 물론 태국인들도 너무 많다.

듣기로는 외국인에게만 돈을 받는다는데, 태국인들에게도 돈을 받으면

16. 아는 게 별로 없으니, 할 말이 없다.

왕실 재정이 더욱 튼튼해질 텐데……. 붐비지도 않고.

그렇지만 이건 완전히 외국인의 시각에서 본 무식한 생각일 뿐이다.

태국 왕실이 누구를 위해 존재하는데? 태국 국민들을 위해 존재하는 것이니, 태국인에게 돈을 받으면 왕실의 체면이 서겠는가?

우리도 이런 건 본받아야 한다.

그건 그렇고, 어찌되었든 이곳을 관광할 때에는 한 가지 주의할 점이 있다. 여기에선 애인끼리라면 손을 꼭 잡고 다녀야 한다는 것이다. 잘못하면 실종신고를 해야 할지도 모르니까.

어떤 사람들은 여기에서 애인을 잃어버렸다며 분실신고를 한 사람도

왓 프라 께우 안의 건물

태국 방콕

왓 프라 께우: 프랑, 쩨디 등 불탑

있다고 하니 명심할 일이다.

여하튼 이 이외에도 볼거리는 많다.

왕실 사원답다.

쩨디와 프랑, 불전, 그리고 불전을 지키는 거인상인 태국도깨비 '약' 등이 화려하다.

볼거리는 정말 많지만, 아는 게 별로 없으니 할 말도 별로 없다.

16. 아는 게 별로 없으니, 할 말이 없다.

17. 저 건물에 느들 임금님 지금 계시냐?

2017년 12월 4일(월)

왓 프라 깨우를 이곳저곳 부지런히 다니면서 구경하고는 왕궁으로 간다.

왼쪽으로 임금님 집무실인지 뭔지는 모르지만 철문이 있고 그 옆에는 아래는 검은 바지, 위에는 흰색 예복을 입은 병사가 총을 들고 보초를 서고 있다.

철문 너머 건물은 나중에 지도를 찾아보니 왕실의 보롬 피만 홀(Royal Hall of Borom Phiman)이다.

보초에게 다가가 함께 사진을 찍는다.

그리고 말을 건다.

"야~, 저 건물에 느들 임금님이 계시냐?"

"모른다."

'아니 문지키라는 놈이 지가 섬기는 임금님이 계신지 아닌지도 몰라?' 물론 속으로 하는 말이다. 허긴 문지기가 저 높은

보롬 피만 홀 지킴이와 함께

태국 방콕

임금님의 행방을 모르는 것이 당연할지도 모른다.

그리고 임금님이 안에 계시면 어쩔 건데? 만나 볼 것두 아니잖아!

그런데 이런 생각도 공부를 하지 않아 생긴 바보 같은 생각이다.

이 홀은 1903년에 라마 5세가 아들의 황태자 책봉을 축하하여 지어준 서양식 건물이다.

이 건물은 라마 7세, 8세, 9세 등이 여러 번 사용한 건물이긴 하지만, 지금은 국빈이 머무르는 영빈관으로 사용되고 있다고 한다.

이 보초가 서 있는 것은 관광객들의 눈요기 거리이기도 하지만, 이 맨션의 문지기도 겸하고 있는 셈이다.

이 건물 안 궁륭식 천정에는 고대신화에서 나오는 우주의 수호신들이 그려져 있고, 그 밑에는 현명한 왕들이 지켜야 할 10가지 계율이 쓰여 있다는데 들어가 보지는 못했다.

왜냐구?

참, 별걸 다 묻네. 못 들어가게 문을 닫아 놓았으니까 그렇지.

어찌됐든 이 열 가지 계율은 "너그러워라(charity)" "방정하라(morality)" "자신을 희생하라(altruism)" "정직하라(honesty)" "겸손하라(gentleness)" "자제하라(self-control)" "노여워하지 마라(imperturbability)" "폭력을 쓰지 마라(non-violence)" "인내하라(forbearance)" "불의와 타협하지 마라(uprightness)"의 열 가지라 한다.

이 모두는 현명한 왕뿐만이 아니라, 사람이면 누구나 지켜야 할 십계 명이기도 한다.

다시 오른쪽으로 나아가며 왕궁을 구경한다. 물론 겉모양만 보는 것이다.

16. 아는 게 별로 없으니, 할 말이 없다.

태국 왕궁: 아마란 위닉차이, 파이산 탁신, 차크리 피만

오른쪽으로 가면서 왼쪽에는 아마란 위닉차이, 파이산 탁신, 차크리 피만 등 3개의 건물이 나란히 서 있다.

아마란 위닛차이는 라마 1세가 1785년 세운 건물로서 왕을 알현할 때 사용되는 건물이고, 파이산 탁신은 태국왕의 대관식을 거행하는 장소라 한다.

새 왕은 팔각의 왕좌에 앉아 각 지방을 대표하는 8인으로부터 추대 받는 의식을 거친 후, 그 옆의 대관식용 의자로 옮겨 앉아 왕위에 등극하는 의식을 치른다고 한다.

차크리 피만은 라마 1, 2, 3세가 살던 건물인데, 후대의 왕들은 대관식을 치른 후 반드시 이 건물에서 하룻밤을 보내야 한다는 전통이 생겨났다고 한다.

이 건물들 옆으로 왕궁 중앙에 가장 우뚝 솟은 건물이 차크리 마하

태국 방콕

쁘라삿이다. '왕과 나라'는 영화의 배경으로 나오는 건물이다.

그렇지만 뭐, 다른 건물들과는 달리 3층으로 된 크게 화려하지 않은 대리석으로 지은 큰 건물이다.

라마 5세가 방콕 천도 100주년을 기념하여 태국 양식에 영국풍이 혼합된 건물로 이곳에서 100주년 기념행사가 열렸고, 그 이후부터 국왕이 머물던 공식 관저이다.

그러니 저 안에서 태국의 임금님이 울고, 웃고, 먹고, 마시고, 자고, 그러면서 생활한다는 것이 특별하다면 특별한 것일 게다.

이런 건 생각하지 못하고 그저 저 큰 건물에 임금님이 산다는 사실만 가지고 태국 국민들은 감격한다.

태국 국민들에게

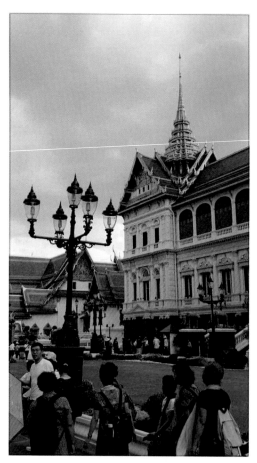

차크리 마하 쁘라삿

16. 아는 게 별로 없으니, 할 말이 없다.

두씻 마하 쁘라삿 뜨론 홀

임금님은 완전히 살아 있는 신이다.

그렇지만, 현재 이곳에는 임금님이 안 사신다. 현재 임금님과 그 가족은 치트랄라다 궁전(Chitralada Palace)에 살고 있으니까!

이 건물 차크리 마하 쁘라삿은 중앙부와 양측으로 연결된 두 부분으로 구성되어 있는데, 요즘은 접견 장소로만 사용된다고 한다. 곧, 왕좌가 있는 중앙부는 외국 대사들이 아그레망을 신청할 때 이용되며, 가끔 외국 사절들을 영접하는 연회장으로 쓰이기도 한다.

내부에 있는 크리스탈 장식품들은 대부분 외국 국가 원수들이 선물한 것이라 한다.

이 건물 오른쪽 일층은 관람할 수 있으나, 이층이나 다른 곳은 문을

태국 방콕

닫아 놓아 들어갈 수 없다.

한편, 왕궁 오른쪽으로는 두씻 마하 쁘라삿 뜨론 홀(Dusit Maha Prasat Throne Hall)이라는 겹처마 건물이 오히려 더 화려하다. 여기에서 두씻이라는 말은 천국이란 뜻이란다.

건물 모양은 십자형이며, 4단으로 된 지붕 위에는 7층의 뾰족탑이 올려 져 있다.

이 건물의 중앙에는 자개로 장식된 왕좌가 자리하고 있는데, 이 왕좌는 왕으로 추대된 것을 알리는 상징물이다. 따라서 이곳에서 매년 대관식 기념 행사를 한다.

이 건물은 왕궁을 지을 때 제일 먼저 지은 곳으로서 1782년 왕궁의 일부가 준공되자마자 라마 1세의 대관식이 거행된 곳이라 하며, 라마 1세는 자신이 화장되기 전에 이곳에 안치시키기를 원했다고 한다.

이곳은 이후, 왕과 왕비 그리고 존경받는 왕족들의 시

두씻 마하 쁘라삿 뜨론 홀 문지기

16. 아는 게 별로 없으니, 할 말이 없다.

암펀 피묵 쁘라삿 파빌리언

신을 화장하기 전에 안치하여 일반인들의 조문을 받는 곳이 되었다.

이 건물 쪽에도 살아 있는 문지기가 지키고 있다.

건물로 들어가는 문에는 두 명의 태국 아저씨들이 창을 들고 벙거지를 쓴 그림이 붙어 있는데, 이들. 역시 문지기들이다.

그 옆으로는 암펀 피묵 쁘라삿 파빌리언이라는 정자가 있는데 볼 만하다.

이제 나갈 시간이다.

오늘 왕궁 옆의 왕실 광장이자 화장터(crematorium)인 사남 루앙(Sanam Luang)도 구경하고 가야 하는 까닭에 서둘러 왕궁을 빠져 나온다.

태국 방콕

18. 훌륭한 임금님은 뭐가 달라도 다르다.

2017년 12월 4일(월)

왕궁 밖으로 나와 다시 길을 건너 왕실 광장이자 화장터 (crematorium)인 사남 루앙(Sanam Luang)으로 간다.

왕실 화장터에서 무어 볼 게 있냐고?

천만의 말씀이다.

밖에서 볼 때 난 이곳이 왕궁인줄 알았다. 노란색의 황금빛 찬란한 정자 형태의 전각들이 높이 솟아 있고, 밖에서 볼 때 참 아름다웠으니까.

들어가는 입구에는 하얀 텐트가 무수히 쳐져 있고 그 안에는 수백 개의 의자들이 놓여 있다.

입구에서는 입장하는 사람들에게 과자와 물을 노나 준다. 이것도 공짜

왕궁 옆의 왕실 화장터

왕실 화장터

다! 오늘은 공짜가 많다.

안으로 들어가니 화장터로 들어가는 길목을 통제하고 있다. 들어오는 대로 일단 의자에 앉힌다.

의자에 앉아 과자를 꺼내 먹는다. 맛이 있는 고급 과자이다. 물과 함께 먹고 마시며 기다린다.

이게 다 훌륭하신 임금님이 돌아가신 덕분이다. 돌아가신 거야 안 됐지만, 이 분은 돌아가셔서도 이렇게 먹을 것, 마실 것을 주고, 덕을 베푸시는 거다. 훌륭한 임금님은 뭐가 달라도 다르다.

그러자 이제 우리 차례가 되었다. 한 7~80명씩 자리에 앉힌 다음 차례로 줄을 세워 입장을 시키는 것이다.

이곳은 작년에 돌아가신 태국 국왕인 라마 9세인 푸미폰 국왕의 다비식을 치른 곳이기 때문에 태국 국민들이 경배하는 장소이다.

태국 방콕

태국에서 임금님은 신이다. 살아 있는 부처님이다.

국민의 95%가 불교 신자인 태국에서 이곳 임금님은 '살아 있는 부처님'으로 인식되어 있으니 태국 국민들의 존경을 한 몸에 받는 것은 당연하다.

라마 9세인 푸미폰 국왕은 미국 매사추세츠 주 케임브리지에서 태어났고, 스위스에서 중·고등학교를 다니고, 로잔대에서 과학을 공부하던 중 두 살 연상의 형인 라마 8세가 21세 나이에 의문의 총기 사고로 숨지자 돌아와 1946년 6월 9일 왕위를 계승했다.

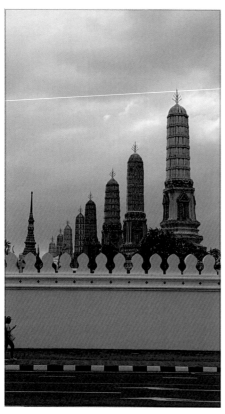

왓 프라 께우의 프랑들

이 분은 이때부터 1976년 10월 13일까지 70년하고도 126일 간 왕위를 유지한 세계 최장수 재위 기록을 가진 임금님이다.

참 임금님 노릇도 오랫동안 하셨다.

아들인 마하 와치라롱꼰이 1972년 20세의 나이에 왕세자로 책봉된 지 44년이 지나 64세가

18. 훌륭한 임금님

되어서야 비로소 왕위를 이었으니, 참 오래도 기다렸다.

라마 9세인 푸미폰 국왕은 살아 있는 부처님으로서 뿐만 아니라 임금님으로서도 괄목할 만한 정치적 능력을 발휘한 분이다.

군부의 잦은 정치 개입 때문에 태국의 정국이 혼란스러울 수밖에 없었는데, 그때마다 조정자 역할을 한 이가 바로 이 임금님이다.

예컨대, 1973년 대학생들이 군부 독재에 반대하여 민주화 시위를 했을 때 왕궁의 문을 열어 이들 시위 대학생들을 보호해주면서, 군부정권의 총리와 그 추종자들에게 "태국 국민을 위해 태국을 떠나라."고 요구하여 타놈 군부 정권을 무너뜨린 이도 이 임금님이다.

또한 1992년 수친다 크라프라윤 장군이 1992년 쿠데타를 일으켜 정권을 잡고 잠롱 리앙 전 방콕 시장이 크게 대립했을 때에, 중재에 나서 이 두 사람을 불러 들여 무릎 꿇려 앉혀 놓고 야단을 쳤다고 한다.

입헌군주제인 태국에서 국왕이 이와 같이 군부와 맞설 수 있었던 것은 국민들의 절대적인 지지가 있기 때문이었다. 태국은 쿠데타가 일어나도 국왕이 승인해주지 않으면 결국 실패하게 된다.

고(故) 푸미폰 국왕은 정치적으로뿐만 아니라 윤리적으로도 국민을 위해 헌신적인 삶을 살았다고 한다.

그는 태국 정치에서 고질병처럼 여겨지는 부정부패 스캔들에 단 한 번도 연루된 적이 없었고 사생활도 검소하고 깨끗하였다. 당시 관행이던 국왕의 일부다처제도 이어받지 않았다.

또한 카메라와 지도, 수첩을 들고, 태국 방방곡곡을 돌아다니면 국민들의 고충을 살펴보고, 농촌 지역을 위해 저수지도 만들어 주고, 수력발전소도 세우고, 물소 은행을 만들어 물소도 빌려주고, 의료단을 조직하여 아

태국 방콕

픈 태국 국민들을 돌봐 주고, 태국 판 새마을 운동이라 할 수 있는 '왕립 개발계획(royal project)'을 실행하신 분이다.

이런 업적 때문에 1988년 푸미폰 국왕은 아시아의 노벨상이라 불리는 막사이사이상을 받았고 2006년 유엔 인간개발 평생업적상도 받았다.

한마디로 말해서, 앞장에서 말한 보롬 피만 홀에 새겨진 '현명한 왕이 지켜야 할 10계명'을 몸소 실천하신 분이랄까!

이러니 태국 국민들의 사랑과 존경을 한 몸에 안 받을 수 있겠나? 따라서 국민들의 존경을 한 몸에 받고 있는 국왕의 권위에 도전한다는 것은 태국에선 감히 상상도 못할 일이다.

만약 태국의 임금님이나 왕족에 관해 함부로 말을 했다간 태국 형법 112조 왕실모독죄에 의해 처벌받는다.

18. 훌륭한 임금님

19. 태국에선 입조심!

2017년 12월 4일(월)

　태국을 돌아다니다 보면 태국 국왕 라마 9세의 초상화를 접할 수 있다.

　식당에도 조그마한 그의 초상화가 걸려 있고, 관공서는 물론 길거리 곳곳에 이 양반 사진이 있다.

　또한 태국 지폐에도 어김없이 이 임금님의 초상화가 그려져 있다.

　만약 이 임금님 초상화가 그려진 지폐를 함부로 꾸기거나 훼손하거나 길거리에 뿌려 대면 '국왕모독죄'로 경찰에게 끌려갈 수도 있다.

　태국에서는 태국 국가보다 더 유명한 것이 국왕 찬가라고 한다.

　오전 8시와 오후 6시에 '국왕 찬가'가 흘러나오면 행인들은 가던 길을 멈추고 경건하게 임금님께 존경의 염을 품어야 신상이 해롭지 않다.

　왜냐면 태국 극장에서는 영화가 시작되기 전에 '국왕 찬가'가 흘러나

1000바트 지폐: 푸미폰 국왕 사진

태국 방콕

500바트 지폐: 푸미폰 국왕 사진

오는데, 이때 기립하지 않았다는 이유로 한 태국인 남성이 구속된 적이
있었다니 명심할 일이다.

우리나라에서도 박정희 독재정권 시절에는 극장에서 영화를 상영하기
전 '대한 늬우스'를 보여주는데, 이때 애국가가 연주되면, 관중들은 모두
차렷 자세로 일어서서 경건한 마음으로 애국심을 가지고 있음을 증명해야
할 때도 있었다. 그러지 않으면 간첩으로 오해받을 수도 있었으니…….

이런 걸 보면 태국에서 박정희한테 배웠는지, 박정희가 태국에서 배웠
는지는 모르지만, 별로 좋은 행사는 아닌 듯싶다.

이러한 사례는 사이버 공간에서도 예외는 아니다. 예컨대, 휴대전화로
푸미폰 국왕을 비판한 문자 메시지를 띄웠다가 국왕모독죄 15년, 거짓 정
보 유포죄 5년, 총 징역 20년을 선고받고 복역하다 옥사하였다는 60대
태국인도 있고, 2011년 금서(禁書)로 지정된 푸미폰 국왕의 전기를 인터
넷에 게재한 미국인 존 고든은 징역 2년 6개월을 선고 받은 사례가 있다.

또한 2009년 태국 정부는 2,300여 개의 웹사이트를 차단시켰는데,

19. 태국에선 입조심!

100바트 지폐: 푸미폰 국왕 사진

이 가운데 1,300여 개가 왕실 모독과 관련되었다고 한다. 페이스북, 구글, 등 SNS 업체에게 왕실 모독 게시물의 삭제를 요구했고, 이들 업체들은 즉각 꼬리를 내렸다고.

감히 우리 임금님을 모독해! 고얀 놈들!

이것이 태국 국민들의 생각이다.

그러니 태국에서는 태국 왕실에 관해서는 한마디도 안 하는 게 상책이다. 입조심하지 않으면 관광은커녕 사랑하는 조국으로 돌아오지 못할지도 모른다.

이와 같은 국왕모독죄는 푸미폰 국왕이 군부와 타협하여 만든 것인데, 군부에서는 이 조항을 악용하여 정적을 처단하는 데 전가의 보도처럼 사용하기도 한다. 마치 우리나라의 국가보안법과 다를 게 없다. 예컨대, 2014년 쿠데타 이후 왕실모독죄로 한 달에 세 명꼴로 잡혀갔다고 한다.

유엔에서는 이 조항을 폐지하고 표현의 자유를 보장하라고 촉구하였다지만, 태국에서는 꿈쩍도 않는다.

태국 방콕

한편 푸미폰 국왕의 뒤를 이어 라마 10세에 취임한 와치라롱꼰 왕세자는 푸미폰 국왕에 비해 평판이 별로 좋지 않다.

와치라롱꼰은 왕세자였을 때 기행과 일탈을 일삼아서, 푸미폰 국왕까지도 "요 놈은 도덕성이 부족하고 명예롭지 못하니 이 녀석이 왕이 되면 국가가 혼란한해지지 않을까" 염려했다고 한다.

특히 여성 편력으로 유명하여 태국 국민들이 푸미폰 국왕처럼 존경하지는 않는다고 한다.

이 왕세자는 세 번 결혼하고 세 번 이혼한 화려한 경력의 소유자이다.

1977년 외사촌인 소안사윌리 키키야카라와 결혼했는데, 당시 여배우였던 유바디다 뽄프라세라스와 바람을 피워 소송 끝에 1993년 이혼했다.

그 후 이 여배우와 재혼했는데, 그냥 잘 살면 되지, 또 2년만에 파경을 맞아 이 여배우 영국으로 애들을 데리고 뽀로로 떠나 버렸다.

2001년 평민 출신 여비서인 스리라스미 수와디와 세 번째 결혼을 했는데, 이 세자빈 역시 애완견 생일을 위한 초호화파티에서 나체로 엎드려 강아지와 함께 케이크를 핥아 먹는 사진이 유포되는 등, 별로 좋지 않은 풍문이 떠돈 데다가 스리라스미 친척들의 비리 의혹 때문에 이혼할 수밖에 없었다고 한다.

그렇지만 이런 말들을 태국 내에서 하면 절대 안 된다.

그저 이런 것이 있다는 것만 알고 '존경받는 지도자가 되려면, 사생활이 깨끗해야 한다.'는 교훈을 얻으면 될 일이다.

특히 우리나라 정치인들은 명심해야 할 일이다.

19. 태국에선 입조심!

20. 장례식 비용이 무려 1,000억 원이 넘는다구!

2017년 12월 4일(월)

오후 4시가 넘어서 이제 화장터로 입장한다.

푸미폰 국왕의 다비식(茶毘式)이 열린 이 화장터는 약 12만㎡ 크기의 왕실 광장 2/3를 차지하고 있다.

우선 눈에 띄는 것은 광장 한 가운데 자리 잡은 프라 메루 맛(Phra Meru Mas)이라고 하는 화장터 건물이다.

사층으로 된 정방형 토대 위에 세워진 아홉 개의 화장장 건물들이 뾰족탑을 머리에 인 부사복(Busabok) 양식(타이 건축 양식)으로 세워져 있다.

왕실 화장터: 프라 메루 맛

태국 방콕

이들은 모두 큰 산을 의미한다.

이 건물들 한 가운데에 있는 높이 50m의 건물은 수미산(須彌山: 고대 인도의 우주관에서 세계의 중심에 있다는 상상의 산)을 형상화한 것이다.

'프라 메루 맛'이라는 말에서 '프라'는 존칭을 나타내는 얹음씨(관사: 冠詞)처럼 쓰이는 말이고, '메루'는 '산'을 뜻하는 말이며, '맛'은 확실하지 않으나 아마도 '맏, 마루'와 같은 무리의 말로서 '높음, 첫째'를 뜻하는 말인 듯하다. 곧, 수미산을 이르는 말임이 틀림없을 것이다.

이 건물의 꼭대기에는 일곱 겹으로 된 대(臺) 위에 9층으로 된 우산으로 장식되어 있다.

제일 높은 대에는 화장 후 왕의 유골을 모시기 위한 항아리를 놓는 자리이다.

수미산을 상징하는 건물을 세워 놓은 것은 돌아가신 국왕이 인간 세

왕실 화장터: 프라 메루 맛

20. 장례식 비용이 1,000억 원이 넘는다고!

상에서 임무를 마치고 수미산으로 돌아간다는 믿음 때문이다.

3층의 토대 위에 있는 네 귀퉁이에는 다섯 겹으로 된 대 위에 네 개의 상(Sang: 스님들이 염불하는 누각)이 역시 부사복 양식으로 세워져 있다.

이층의 토대 밑 네 귀퉁이에는 왕가의 장례 용품을 해체 보관하기 위한 다섯 겹으로 된 대 위에 부사복 양식의 호 플루앵(Ho Plueang)이라는 건물이 세워져 있다.

프라 메루 맛: 귀퉁이

삼 층의 보도(步道)는 자툴로카반(Jatulokaban: 네 방향의 수호신들) 조각들과 가루다(Garuda: 인도 신화에 나오는 금시조 金翅鳥. 황금 날개를 가지고 태양을 동쪽에서 서쪽으로 운반한다고 하는 성스러운 새인데, 우주의 수호자인 비쉬누 신이 타고 다닌다고 함. 한마디로 비쉬누 신의 자가용 비행기인 셈)로 장식된 기둥, 천사들과 신화 속에 나오는 동물들의 조각, 그리고 나가

태국 방콕

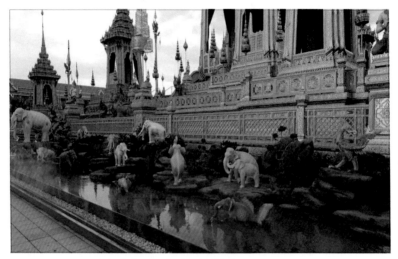

프라 메루 맛 1층: 못과 행운을 부르는 동물들

(Naga: 인도 신화에서 대지의 보물을 지키는 뱀. 풍요와 죽음을 다스리는 신으로 알려져 있으며, 지하세계 마지막 층인 7층에는 나가들이 산다고 한다. 부처님이 명상할 때 비와 햇빛을 막아 주며 보호해주는 임무를 맡기도 한다. 우리나라의 용왕과 비슷하다고 보면 된다)의 모습을 띤 난간 등으로 장식되어 있다.

제일 아래층에는 행운을 불러들이는 동물들이 각 방향마다 둘러싸고 있으며, 못과 신화에 나오는 동물들로 장식되어 있다.

이러한 건물의 배경에는 힌두교의 영향이 크다. 태국 국왕을 대서사시 '라마야나'의 주인공인 '라마'라는 호칭을 붙이는 것도 같은 맥락이다.

이 건물을 세우는 데만 약 3,000만 달러(당시 환율로 약 338억 원)라는 어마어마한 돈이 들어갔다고 한다.

돈이 들어간 만큼 참으로 화려하고 볼 만하긴 하다.

20. 장례식 비용이 1,000억 원이 넘는다고!

그러니 이 임금님 장례식에는 얼마나 많은 비용이 들어갔겠는가?

한 번 맞추어 보시라!

정답은 푸미폰 국왕의 장례식에 든 총비용은 무려 9,000만 달러(당시 환율로 약 1,015억 원)에 이른다.

또한 장례식이 끝난 후 이곳을 방문하는 우리 같은 사람들에게 주는 물과 과자값을 더해야 한다. 덕분에 잘 먹기는 했다.

그렇지만 돈 걱정은 하지 마시라!

태국 왕가는 세계에서 알아주는 부자이기 때문이다.

푸미폰 국왕의 재산은 300억 달러(약 33조원)가 넘는다고 한다.

참고로 태국 경제력은 푸미폰 국왕이 서거할 당시인 2016년 현재 세계 27위로서 4,097억 달러이다.

태국 왕실은 태국 2위 기업인 시암은행과 5위 기업인 시암시멘트 그

왕실 화장터 살라 룩 쿤

태국 방콕

왕실 화장터: 전시실

룹을 경영하고 있다. 참고로 1위 기업은 국영에너지 회사인 PTT이다.

태국 왕실이 가지고 있는 이 두 회사의 지분은 100억 달러 이상의 가치가 나간다고 한다.

또한 방콕과 지방에 여의도 면적의 23배가량 되는 땅을 보유하고 있는 부동산 부자이기도 하며, 최고급 호텔 체인인 켐핀스키의 지분도 가지고 있다.

이런 왕실 재산은 왕실자산관리국(CPB)에서 관리하는데, 매년 5,000억 원 이상의 소득을 올리지만 세금은 한 푼도 내지 않는다.

푸미폰 국왕의 장례식장으로 들어가는 좌우로는 커다란 전시실이 있다. 나중에 보니 전시실은 입구 좌우와 출구 쪽 좌우에 두 개가 있고, 화

20. 장례식 비용이 1,000억 원이 넘는다고!

장터 오른쪽으로 세 개가 더 있다.

살라 룩 쿤(Sala Luk Khun)이라 부르는 전시실은 입구 쪽 말고도 화장장 건너편 출구 쪽에도 좌우로 두 개가 더 있다.

이곳에는 푸미폰 국왕의 유품들과 화장하기 위해 준비한 관, 유골함, 상여, 화장터를 꾸며 놓은 각종 조각들 등 물품들을 어떻게 만들고 준비했는가를 보여주는 모형들과 설명들로 가득 차 있다.

푸미폰 국왕의 장례식에 쓰인 관(棺)과 유골함은 태국 문화부 산하 미술청에서 제작한 것이다.

국왕의 시신을 화장터로 옮길 때 사용된 관과 화장 후 수습한 유골을 담는 유골함은 매우 비싼 백단(白檀) 나무 조각 3만 개 이상을 이어 붙여

왕실 화장터: 장례식에 사용된 왕실 전차(상여) 모형

태국 방콕

만들었는데, 약 7개월 가까이 걸렸다 한다.

이 관과 유골함 제작에 최소 1억 바트(약 35억 원)의 비용이 들었다고 한다.

> 그렇게 돌아가나 이렇게 돌아가나
> 가는 건 한 가지고 가는 곳 같을진대
> 어이해 세상 사람들 그리 요란 떠는가

이 유골함 옆에는 국왕의 시신을 수미산으로 옮겨 준다는 상상의 새 가루다 모양의 동상이 서 있다.

또한 장례식 당일 시신 운구에 사용될 상여인 '왕실 전차' 모형이 있다. 이 왕실 전차는 아유타야 왕조 시절부터 왕실 장례식에 사용되어 온 것인데, 길이가 18m, 폭 4.8m, 높이 11.2m, 무게는 13.7t이라 한다.

그 놈의 상여 역시 크기도 하다!

이 상여 꼭대기에는 시신을 안치하는, 수미산을 상징하는 공간이 있고, 전차 앞과 옆에는 힌두교 신화에 나오는 천사인 '데바'와 '나가' 형상의 장식이 있다.

20. 장례식 비용이 1,000억 원이 넘는다고!

21. 금수저를 물고 가신 분

2017년 12월 4일(월)

참, 이 임금님이 돌아가신 것은 1년 전, 2016년 10월13일인데, 왜 일 년이 지난 2017년 10월 25일에서야 장례식을 치렀냐고?

그야 1년 동안 애도 기간을 가지기 위함이지! 물론 일 년 동안 장례식 치를 준비를 하였기 때문이기도 하지만.

푸미폰 국왕이 서거하자 태국 총리는 1년의 추모 기간을 선포하고, 한 달 동안 모든 행사와 문화 축제를 금지시켰으며, 공무원은 검은 옷을 1년간 입어야 하며, 사기업체 근무자는 한 달간 입도록 했다.

백화점의 마네킹조차도 검은 옷으로 갈아입어야 했다.

이 바람에 백화점과 시장에서는 검은색 옷이 동이 났으며, 결국 검은색 옷을 입지 못한 시민은 왕을 추모하지 않는다고 비난받게 되었다고 한다.

할 수 없이 총리가 나서서 "옷을 구하지 못한 사람은 흰색이나 검은색 옷이 아니더라도 조의를 표할 수 있는 어두운 색 옷을 입으면 된다."며 "옷을 구하지 못해 입지 못할 수도 있으니, 이를 이해해 주어야 할 것"이라는 공식 성명을 발표하기도 했다.

한편 시민단체는 옷을 검은색으로 염색해주는 무료 서비스를 하기도 했다.

한편 태국 정부는 검은 옷을 비싸게 파는 의류상들을 엄중 단속하여 1만 바트(약 35만 원)의 벌금을 부과할 예정이라고 발표하기도 했다.

이에 대해 어떤 옷가게 주인은 시가보다 2배 이상 돈을 받고 팔아도

태국 방콕

왕실 화장터: 전시실 살라 룩 쿤

소비자들이 큰 불평을 하지 않는다고 주장하기도 했다고 한다. 곧, 정부가
1년 동안을 애도 기간으로 정했기 때문에 1년 내내 입을 수 있는 옷이기
때문이라는 항변이다.

은행 및 관공서의 홈페이지 초기 화면도 모두 검은 색으로 변경하였
고, 건물도 검은 색 천과 리본으로 둘렀으며, 서거 직후 3일 동안은 주류
판매가 금지되었다.

태국 TV에서도 예외는 아니었다. 태국 공영 TV방송에서는 장례 준비
와 국왕의 일대기가 계속 방영되었으며, 홈쇼핑 및 오락 프로그램은 한
달간 전면 금지되었다.

따라서 태국에서 인기리에 방영되던 〈구르미 그린 달빛〉, 〈공항 가는
길〉, 〈뮤직뱅크〉등 예능프로그램의 방송이 전면 중단되었다.

무엇보다도 이 바람에 가장 큰 타격을 받은 것은 한류 K-POP 콘서

21. 금수저를 물고 가신 분

트였다고 한다. 한국의 빅뱅 등을 비롯한 인기 가수 공연도 줄줄이 연기되거나 취소됐다.

장례식 첫날은 마하 와치라롱꼰 국왕의 주도하에 불교의 종교 의식으로 장례식이 시작되었고, 그 다음날은 국왕의 시신과 유골함이 화장터로 옮겨져 다비식이 거행되고, 이틀 동안 기도회를 거쳐 29일 유골을 왕궁 인근 사원에 안치한 것이다.

장례식의 하이라이트인 다비식엔 5,600여 명의 군인들이 동원되어 2.5㎞에 달하는 화려한 행렬을 이루며 이 임금님의 시신을 모신 상여인 금빛 '왕실 전차'를 인도하였는데, 이 전시실에선 이를 동영상으로 상영하고 있다.

지난 이야기이지만, 이날 장례식장에만 30만 명이 넘는 조문객이 모여들었다는데, 태국 정부는 이들의 안전을 위해 경찰 5만여 명을 배치하였다고 한다.

태국 국민들은 운구 행렬을 보기 위해 장례식 며칠 전부터 좋은 장소를 골라 밤을 새우며 자리를 지키기도 했다고 한다.

또한 이 장례식은 이곳 외에도 태국 전역 70여 곳에서 동시에 치러졌는데, 태국 국민들은 검은 상복을 입고 꿇어 앉아 눈물을 흘리며 곡을 하였다고 한다.

실제로 시신이 운구 되는 동영상을 보면, 검은 상복을 입은 수만 명의 추모객들이 바닥에 엎드려 통곡하고 있는 장면이 나온다.

> 사람이 하는 일이 어리고 또 어리다.
> 태어나 돌아가니 언제나 있는 일을
> 요란도 법석이구나 못 말리는 중생들

태국 방콕

또 다른 전시관에는 푸미폰 국왕의 유물들과 어릴 적부터 죽을 때까지의 활동을 담아 놓았다.

수많은 사진과 설명 속에서 만난 푸미폰 국왕은 앞에서 설명했듯이 참 훌륭한 임금님임을 보여준다.

이 방에서는 푸미폰 국왕이 카메라, 지도, 그리고 연필을 들고 전국 곳곳을 누비며 국민들의 생활을 직접 챙기던 자상한 모습을 사진으로 보여주고 있다.

예컨대, 사진기를 들고 전국을 누비던 시절의 젊은 국왕의 사진, 백성들의 무리 속에 들어가 이야기를 나누는 소탈한 모습, 군중들이 모여 있는 가운데로 차를 타고 지나가는 모습 등은 국민들에게 헌신하고 있는 젊었던 시절의 국왕 모습을 보여주고 있다.

또한 어린 시절의 사진, 시리킷(Sirikit) 왕비와의 결혼사진, 태국 전통에 따라 출가하여 스님의 모습으로 명상하는 사진과 부처님 동상에서 볼 수 있는 뾰족한 황금 모자를 쓰고 의자에 앉아 있는 사진, 색소폰 부는 사진, 가족들과 함께 찍은 사진 등등이 설명문과 함께 이 왕의 일대기를 보여주고 있다.

어떤 사진은 엎드린 태국 백성들 사이에 왕과 왕비가 서 있고, 그중 어떤 백성들은 왕비의 발등에 입을 맞추며 감읍하여 눈물을 줄줄 흘리는 모습의 사진도 있다.

우리나라에서도 대통령을 절대 군주로 착각하는 사람들이 있다. 실각한 박근혜 전 대통령이 잡혀가는 것을 보고 "여왕마마!"하면서 통곡하는 사람들을 TV에서 본 적이 있다.

참, 기가 막힌 일이다.

21. 금수저를 물고 가신 분

더욱 기가 막힌 것은 이런 사람들이 고(故) 노무현 전 대통령에게는 결코 "대왕마마!"하지는 않는다는 것이다.

하물며 여기는 입헌군주제 국가이니 착각이 아니라 실제이긴 하지만, 글쎄~.

그래도 우리나라보다는 낫지 않을까?

태국에서 왕과 왕비는 살아 있는 신이다.

물론 한쪽에서는 푸미콘 국왕의 일대기와 장례식 장면을 보여주는 동영상이 돌아가고 있다.

푸미콘 국왕이 쓴 모자와 지휘봉

어떤 전시실에는 푸미콘 국왕이 쓰던 모자, 옷, 타이프라이터 등등의 유물들이 보물처럼 유리관 속에 전시되어 있다.

한편 또 다른 방에서는 장례식에

장례식 소품들의 제작 과정을 보여주는 방

태국 방콕

장례식에 쓰인 소품들: 신화 속의 동물들

사용된 동상들, 신화에 나오는 동물들, 프라 메루 맛과 상여를 장식한 소품들을 어떻게 만들었는지를 보여준다.

그리고 또 다른 방에는 이들 모형들을 전시해 놓았다. 신화에 나오는 동물들은 마치 공상과학 영화에 나오는 동물들과 비슷하다.

공상과학 영화에서 등장하는 동물들이 아마 고대 힌두 신화 속의 동물들로부터 그 형태와 성격 등을 모방하였을 것이다.

그러니까 공상과학 영화에 나오는 동식물들이 현대인의 머릿속에서 나온 것이 아니라, 그 옛날 우리 선조들의 상상 속에서 제시된 신화 속의 동식물인 것이다.

아이들이 보면 매우 좋아할 듯하다.

21. 금수저를 물고 가신 분

전시관 내부는 에어컨이 틀어져 있어 덥지는 아니하지만, 이 전시관 저 전시관을 돌아다니며 구경을 하는데, 너무 넓으니 다리가 고생을 한다.

푸미콘 국왕의 장례식은 상상을 초월하는 것이다.

결론적으로 장례식장을 돌아보고 느낀 것은 푸미콘 왕은 금수저를 입에 물고 나온 분일 뿐 아니라 금수저를 입에 물고 가신 분이다.

세계에서 임금님 중 제일 부자인데 세금 한 푼 안 내고, 70년 동안 임금님 노릇을 하였고, 사진도 찍고, 색소폰도 불고, 여행도 하고, 민정도 살피고, 백성들을 위해 좋은 일은 다 하고, 총리와 야당 당수를 불러들여 야단도 쳐보고, 쿠데타를 일으켜 정권을 잡은 총리를 해외로 쫓아내기도 하고, 백성들의 사랑과 존경을 한 몸에 받았고, 죽어서 장례식까지 이렇게 성대하게 치렀으니, 이렇게 좋은 팔자가 세상에 또 어디 있으랴!

어느 덧 어둑어둑해진다.

부지런히 장례식장을 나와 택시를 타고 "월남뽕!"하고 외친다. 그리고 는 전철을 타고 호텔로 돌아온다.

오면서 오늘 하루를 반추한다.

왓 포도 좋고, 왓 프라 께우도 볼 만하지만, 왕의 화장터이자 장례식 장 역시 볼 만하다. 여기에 온 걸 감사할 정도로!

더욱이 공짜로 먹을 것과 마실 것도 주고, 구경도 시켜 주니 이 얼마 나 좋은가!

우리보다 몇 달만 일찍 왔어도 이 좋은 구경은 못할 것이다. 이런 거 보면 우린 운이 좋은 것이다.

태국 여행을 하시는 분들에게는 꼭 가보라고 권하고 싶다.

태국 방콕

22. 아버지날도 법정 공휴일!

2017년 12월 5일(화)

재우가 방콕에 있다고 한다.

재우는 외조카이다. 청주에서 조그만 사업을 하다 더 큰 꿈을 안고 방콕에 왔다는 것이다.

재우에게 전화를 하니 프라 람 9(Phra Ram 9)이라는 전철역 부근에 방을 얻어 생활하면서 낮에는 태국어를 배우러 학원에 나간다고 한다.

오늘은 학원이 노는 날이라 하여 재우를 만나기로 한 날이다.

화요일인데 왜 학원이 노느냐고? 궁금하실 거다.

문제는 화요일이 아니고 12월 5일이기 때문에 공휴일인 거다.

왜 공휴일이냐고?

그야 아버지날이니까 그렇지!

이곳 태국은 아버지날 어머니날이 따로 있다 한다. 참 좋은 나라다.

우리도 아버지날 따로 만들어 공휴일로 정하면 안 될까?

한국에 돌아가면 대통령에게 건의해 볼까?

우리나라 아버지들은 사실 너무너무 불쌍하다. 아버지날도 없고 옛날처럼 자식들로부터 존경받지도 못한다. 허긴 뭐 밤늦게 들어왔다 새벽에 나가니……

어제 왕궁과 사워, 화장터 구경을 한 터라 우리에게도 오늘은 쉬는 날이다.

옛날 같으면 뱅기 값과 여관비가 아까워서라도 쉴 틈 없이 돌아다녔을 것이지만, 이제 나이가 들어서인지 하루 구경하면 하루는 쉬어야 한다.

수쿰빗의 터미널 21 빌딩

하루 돌아다니면 하루 쉬는 것이 현명하다는 걸 깨닫는 데 어언 67년 이 걸렸다. 흐!

어찌되었든 하루 놀고, 하루 쉬고 팔자 좋다!

재우는 스쿰빗(Sukhumvit) 전철역 옆에 있는 터미널 21이라는 빌딩 에서 만나기로 했다. 이 빌딩으로 약속 장소를 정한 이유는 이 빌딩에 음 식점이 많기 때문이다.

이국땅에서 조카를 만나니 기쁘다.

재우를 만나 점심을 먹으며 어찌 지내는가 이야기를 듣는다.

메뉴를 보면서 태국 식당 점원과 태국말로 이야기하는 것을 보니 안 심이 된다.

태국 방콕

온 지 얼마 안 됐다는데, 언제 태국 말을 배워 저렇게 잘 하누?

평상시에도 재우만큼은 걱정을 안 했지만 이런 걸 보니 더욱 마음이 놓인다.

아직 장가도 안 갔지만, 늘 적극적이고 활동적인 재우가 믿음직하다. 바다 한가운데든 사막 한가운데든 어디에 내 놓아도 재우는 성공할 것이다.

조카라서 그런 것이 아니라 정말 대견하고 마음이 뿌듯하다.

재우에게 들은 환전 정보가 우리나라 여행객들에게 유리할 것 같아 여기에 제시한다.

첫째, 이곳에서 환전할 때 달러를 가져 올 필요가 없다.

요즈음에는 우리 돈을 직접 바트로 바꿔 주니 우리 돈을 들고 와서 직접 바꾸는 것이 가장 경제적이다.

달러로 바꾸어 온 것을 다시 바트로 바꾸면 수수료가 두 배로 든다. 하지만 원화를 바트로 바꾸면 만 원에 297바트로 환전이 가능하다.

둘째, 은행보다는 사설 환전소에서 바꾸는 것이 훨씬 유리하다.

물론 공항이나 관광지보다는 시내 쇼핑 몰 같은 데의 사설 환전소가 훨씬 유리하다. 참고로 사설 환전소는 이곳에서 불법이 아니다.

셋째, 천 원이나 오천 원짜리보다는 만 원이나 오만 원짜리를 들고 오는 것이 훨씬 유리하다.

왜냐하면, 높은 금액의 돈일수록 환율이 높기 때문이다. 또한 부피도 적게 나가니 몸이 가벼워진다.

요걸 모르고 달러를 사가지고 오느라 은행에 들려 법석을 떨었으니……

22. 아버지날도 공휴일!

'모르면 돈이 더 들어가는 법이다.'라는 진리를 다시 한 번 깨우친다.

깨우쳐 봤자 뭐하나? 벌써 지나간 일인데……

아니지, 이 책을 읽는 분들은 이런 깨우침의 덕을 보지 않겠는가? 자기만 생각해서야 되겠는가? 자기만 생각하는 사람은 소인이다.

우린 늘 다른 사람들을 위해 깨우치고 또 깨우친다.

넷째, 신용카드는 수수료를 두 번 떼니, 역시 한국 돈을 현지 돈인 바트로 바꾸어 사용하는 게 더 현명한 일이다.

신용카드는 우선은 편리하긴 하지만, 나중에 후회하게 된다.

허긴 은행에 돈이 많으면 신용카드를 마음대로 쓰면서 카드회사를 먹여 살리는 것도 나쁜 것은 아니지만, 난 그렇게까지 돈이 많진 않다.

돈이 많으신 분은 그냥 카드를 쓰시라!

방콕에서의 볼거리에 관해 이야기하다 재우가 즉석에서 인터넷으로 악어 관광농장을 예약해 준다. 인터넷으로 예약해야 할인을 받을 수 있다면서.

젊은 사람은 참 빠르다. 생각도 빠르고 행동도 빠르다.

이제 태국의 군대 이야기를 잠깐 해보자.

한마디로 태국에서 젊은이들이 군대를 어찌 가는가? 태국의 젊은이들이 누구나 다 군대 가는 게 전혀 아니다.

우리나라처럼 징병제이긴 하지만, 지원자에게 우선권을 주고 모자라면 제비뽑기를 통해 충원하는 재미있는 나라이다. 지원병으로 병력 대부분을 충원할 수 있어서 징병제는 그렇게 큰 의미가 없다.

그렇지만 만 18세가 되면 모두 신체검사를 받는다.

곧, 필요한 군인 수가 결정되면 지원병을 모집하는데, 지원병 수가 모

태국 방콕

수쿰빗 역 부근

자라는 지역에 한하여 신체검사를 통과한 젊은이들을 대상으로 매년 4월 열흘 동안 제비뽑기를 하여 입대할 사람을 추첨한다.

단 스님은 예외이다. 불교 국가라서 그런지 스님은 병역에서 면제된다. 남방불교에서는 군사 훈련하는 것만 봐도 계율을 어기는 것이라고 하니, 우찌 감히 입대하라고 할 수 있겠는가!

전통적으로 호국불교의 전통이 살아 있는 우리나라와는 전혀 다른 나라이다.

이 징병 추첨을 하는 날을 징병 선발의 날(draft day)이라고 하는데, 가끔가다 젊은 남성들 사이에 예쁜 아가씨들이 나타난다고 한다.

야들이 누구냐구?

22. 아버지날도 공휴일!

트랜스젠더들이지!

태국에선 성전환을 법적으로는 허용하지 않기 때문에 수술을 해서 트랜스젠더가 되었더라도 징병검사를 받아야 한다고 한다.

그렇지만, 트랜스젠더로 살아온 경력을 인정받으면 징집에서 면제된다고 한다.

그러나 신체적·정신적 질병이나 장애, 비만, 트랜스젠더 이외의 신체 건강한 젊은이들은 제비뽑기를 해야 한다.

제비뽑기에서 붉은 표를 뽑은 친구는 군에 가야 하고, 검은 표를 뽑은 사람은 징집이 면제된다.

당첨 확률은 충원해야 할 군인 수와 대상자의 숫자에 따라 달라지지만 대충 20% 정도라고 한다.

한편, 제비뽑기에서 붉은 표가 바닥나면, 충원할 군인 수가 확보되었으므로 제비뽑기는 그것으로 끝이다.

지원자와 제비뽑기에서 뽑힌 사람과는 복무 기간과 급여에 차이가 있다. 제비뽑기에서 뽑힌 사람은 복무 기간이 2년인데, 지원병은 고졸은 1년, 대졸은 6개월만 근무하면 전역할 수 있고, 봉급도 대졸 취업자 수준이다. 육·해·공군 중에 원하는 군종을 고를 수 있다.

트랜스젠더는 본인이 군 복무를 원하지 않을 경우, 여성으로 살아왔다는 이력을 증명하고 신체검사 과정에서 복무 면제 판정을 받아야 한다.

점심을 먹고 재우와 헤어진 후, 전자상가로 가 무선 마우스를 하나 사 가지고 돌아온다. 컴퓨터의 무선 마우스가 고장이 나 사용할 수 없기 때문이다.

아픈 어깨 때문에 라 프라우 전철역에서 내려 마시지 숍에 들렀으나.

태국 방콕

20분을 기다려야 한다고 하여 그냥 되돌아 호텔로 돌아왔다.

촌음(寸陰)을 아껴 쓰라는 말을 어렸을 때부터 철저히 실천하는 사람이기에 난 기다리는 것은 아주 싫어한다.

주내 말에 따르면, 매니저 말이 호텔 다음 골목에도 마사지 숍이 있는데 더 잘한다고 했으니 그리로 가보라 한다.

다시 호텔 매니저에게 물어보니 어찌어찌 가는지 자세히 가르쳐준다.

이 매니저는 청도에서 유학했다는, 그래서 한국말도 좀 하는, 친한파 처녀이다.

그렇지만 가보니 여기도 만원이다. 여기선 30분을 기다려야 한다고!

아무리 촌음을 아껴 쓰려고 해도 하늘이 허하지 않는데 내가 별 수 있나? 어깨는 쑤시고 기다려야지 뭐.

왜 이런 때면 꼭 순천자(順天者) 흥(興)하고 역천자(逆天者) 망(亡)한다는 말이 떠오를까?

오늘은 그냥 기다리는 날인 모양이다.

오늘이 여기에서는 아버지날이어서 노는 날이라 그런가?

이번엔 아버지날이 불편할 때도 있다는 걸 또 깨닫는다. 사물은 무엇이든 앞뒷면이 함께 있는 거여!

어깨를 중심으로 마사지를 받는다.

마사지 값은 어제 받던 곳보다 50바트가 더 싸다. 그렇지만 주무르는 것은 비슷하다.

마사지 값200바트에 팁 20바트를 얹어 주고 호텔로 돌아온다.

22. 아버지날도 공휴일!

23. 저런 위험한 짓을 왜 하누?

2017년 12월 6일(수)

오늘은 아침 늦게 출발하여 수쿰빗에서 점심을 먹고 재병이가 일러준 사뭇뿌라칸 농장으로 악어를 보러 간다.

수쿰빗에서 지상철인 BTS를 타고 삼롱 전철역까지 가서 택시로 농장까지 가면 된다. 참고로 BTS는 경로우대가 안 된다. 에이!

농장 입장권(250바트)은 재우가 인터넷으로 예매해 준 게 전화기에 저장되어 있다.

삼롱 전철역에서 내려 "방콕에서 택시 탈 때에는 일단 미터기로 가자고 하고, 그렇게 안 하겠다고 하면 가격을 미리 흥정을 해야 한다."는 재우의 말을 충실히 따른다.

택시비는 97바트 나왔다. 택시비 기본요금은 35바트(약 1,250원 정도)이고 m당 얼마 식으로 계산된다.

Name	Crocodile Farm & Zoo Voucher Samutprakan
Address	555 moo 7, taiban, Amphur Muang, Samut Prakan, 10280
Tel	027034891

✓ Guest Information

Name	kim jaewoo
Email	jaewoo0708@naver.com
Phone	TH 01072859999

✓ Booking Details

Booking No	142-043-716 (1)
Date	06-Dec-2017(Wed)
Type	Ticket
Persons	2 Adult
Time	08:00~16:00
Pick up Place	
Pick up Time	
Agency Memo	
Remark	
Booked by	Totobooking (Tel : +66(0)2-730-5690)
Issued by	Monkey Travel

사뭇뿌라칸 농장 입장권

태국 방콕

백 바트 주고 내린
다.

이 농장은 일종의
동물원이다. 주로 악어
가 가장 많지만.

농장에 들어가 처
음 만난 것은 철창 속
의 앵무새이다. 그 다
음엔 못생긴 조랑말들,
그리고 우리 속의 양
떼.

악어 쇼를 한다는
곳으로 가 계단을 오
른다. 오른쪽은 쇼를
하는 곳이고 왼쪽으로
난 길은 못 속의 악어
들을 구경하는 길이다.

아직 쇼를 할 시간
은 안 되었기에 자연
히 오른쪽으로 향한다.

악어들이 낮잠을
즐기기도 하고 통나무
처럼 물속에서 코만

사뭇뿌라칸 농장: 앵무새

사뭇뿌라칸 농장: 조랑말

23. 저런 위험한 짓을 왜 하누?

사뭇뿌라칸 농장의 악어들

내놓고 누워 있기도 하다.

저 놈들이 살아 있기는 항겨?

이러한 생각도 잠시, 물속에서 갑자기 요동을 치며 물보라를 내더니 조용히 움직이기 시작한다. 마치 통나무가 떠내려가듯이.

이곳을 보아도 악어, 저곳을 보아도 악어, 악어들도 많다.

우리나라에서는 보기 어려운 동물인지라 이곳저곳 기웃거리며 악어들을 내려다본다.

다시 악어 쇼하는 곳으로 간다.

평일이라 그런지 관중은 많지 않다.

시간이 되자 노란 테를 두른 주황색 옷을 입은 조련사들이 들어온다. 악어를 데리고 노는 사람들이다.

태국 방콕

사뭇뿌라칸 농장 악어 쇼

2미터가 넘는 악어를 끌고 나와 못 가운데에 있는 시멘트 위에서 쇼를 시작한다.

작대기를 들고 입 벌린 악어의 콧잔등을 때리면서 악어와의 유희가 시작된다.

무서워하는 시늉도 하고 팔뚝을 악어 입 속에 집어넣기도 하고, 그러다가 악어가 입을 딱 다물기 직전에 손을 빼며 놀란 시늉을 하기도 한다.

관중들은 가슴을 쓸어내린다.

팔뚝을 미처 빼내지 못하면 저 사람의 팔은 잘릴 것이라 생각하는 까닭이다.

그렇지만 정확히 말하면 손을 빼자마자 악어가 입을 '딱!' 하고 닫는 것일 게다.

23. 저런 위험한 짓을 왜 하누?

악어를 훈련시켜 놓아 악어가 그것을 알고 그런 것은 아닐 게고, 아마도 뒤편에서 꼬리를 잡고 있는 또 다른 조련사가 악어에게 무슨 자극을 주어 입을 딱하고 다물게 하는 것 아닐까?

앞뒤의 조련사들이 신호가 맞지 않으면, 팔이 날아갈 수도 있을 것이다.

그 다음엔 악어가 입을 벌리고 있는 동안 악어 입 속에 머리를 집어넣는 것을 보여준다.

악어는 입을 벌린 채 얌전히 있다.

저러다 물리면 골통이 박살날 텐데…….

저런 위험한 짓을 왜 하누?

사뭇뿌라칸 농장 악어 쇼

태국 방콕

먹고 살기 위한 것이겠지. 설마 취미로 저런 위험한 짓을 할려구?

보는 사람들이야 흥미진진한 짓거리이겠으나, 내 생각엔, 현명한 사람이 취할 바는 아니라는 생각이다.

그렇지만 사람마다 필요한 게 다 다르다.

이들에겐 현명한 지혜가 필요한 게 아니라 돈이 필요한 것이다. 한편 보는 사람에게는 돈보다도 휴식이나 볼거리가 필요한 것이다.

필요와 필요의 교환이 이런 시장을 형성하는 것이다.

사람들이 돈을 던져 준다. 막대기를 들고, 악어가 있는 물속으로 오가며 돈을 건져 낸다. 그러면서 돈을 던져 준 사람들에게 감사를 표하는 인사를 한다.

벌이는 꽤 괜찮을 듯하다.

사뭇뿌라칸 농장: 악어

23. 저런 위험한 짓을 왜 하누?

그러니 저런 위험을 감수하는 짓을 하지.

한편으론 이들이 불쌍해 보이기도 하나 다른 한편으로는 존경심도 든다. 삶을 사는, 아니 아마도 가족을 책임지기 위한 숭고한 마음이 저쪽 한편에 숨겨져 있을 거 같아서다.

이번에는 악어를 한 마리씩 끌고 나와 통째로

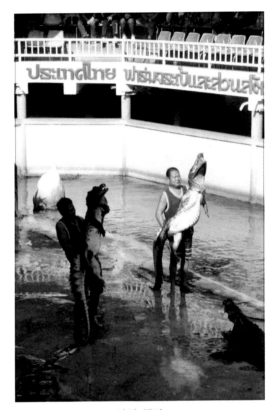

아이 챙피!

들어 악어의 허연 배를 보여준다.

악어는 하늘을 본 채 아무 소리도 안 한다.

허연 배를 내놓고 창피해서일까? 모든 걸 체념한 듯하다.

악어 체면이 말이 아니다.

동물보호협회에서는 왜 가만히 있는지 모르겠다. 괜히 개고기 먹는 거만 시비하지 말고, 악어 체면도 세워 줘야 할 것 아닌가?

태국 방콕

154

아무리 포악한 악어도 조련사 앞에서는 그저 얌전하다. 그렇게 길들여져 있기 때문이다.

사람들도 마찬가지 아닐까?

특히 북한의 정치체제를 보면 그런 것 같기도 하다. 희극이다.

사람들은 역시 돈을 던져 준다.

악어 쇼가 끝나자 관중들은 우르르 저 갈 길을 간다.

23. 저런 위험한 짓을 왜 하누?

24. 나는 제 자리에 있는가?

2017년 12월 6일(수)

밖으로 나오니 여기에는 철창 속에 호랑이 두 마리가 어슬렁거리며 더위를 식히고 있다.

두 개의 우리를 합쳐 놓았는데, 누런 호랑이와 하얀 호랑이가 꼬리를 이어가며 이쪽저쪽 우리를 왔다 갔다 한다. 저놈들도 텁긴 더운 모양이다.

동물의 왕이라는 호랑이도 인간의 손에 의해 구금되어 우리 속에 갇힌 채 구경거리가 되어 체념하고 있는 것이 참 안 되어 보인다.

그 앞에는 폭이 좁은 선로가 있고 그 위에 이 농장을 도는 장난감 기차가 있다. 물론 돈을 내고 타면 한 바퀴 돌 수 있다.

사뭇뿌라칸 농장: 호랑이

태국 방콕

악어 쇼 하는 곳에서 옆으로 더 가면 여기엔 원숭이들이 있다. 손을 내밀고 바나나를 구걸하는 침팬지도 있고, 조그마한 까만 원숭이도 있고, 오랑우탄도 있고, 흰 원숭이도 있다.

그 옆으로는 철망이 아닌 높은 담벼락 저 밑으로 호랑이들이 세 마리가 물속에서 더위를 식히는 모습이 보인다. 이 셋 중 한 마리는 흰색 호랑이이다.

그 옆 우리에는 곰이 한 마리 이쪽을 쳐다보고 있고, 오른쪽으로는 철망 속에서 하마가 입을 쩍 벌리고 있다. 입 속에는 바나나가 몇 개 들어 있다.

몽키 바나나를 한 다발 사가지고 하마 입에 던져 준다. 그래도 입을 다물 줄 모른다. 욕심쟁이 같으니라구!

사뭇뿌라칸 농장: 침팬지

24. 나는 제 자리에 있는가?

사뭇뿌라칸 농장: 하마

　그 맞은편에도 하마가 두 마리 있는데, 물속에서 이쪽으로 와 입을 벌린다.

　농구하듯 바나나를 몇 개 던져 준다.

　맛있게 먹는다.

　그 옆으로 조금 더 가면 공작이 날갯짓을 하고 있고, 자라와 거북이 우리가 있다.

　그 앞으로는 나뭇가지에 또아리를 틀고 있는 큰 구렁이도 보인다.

　그 옆 우리에는 야생 닭이 화려함을 자랑하고, 타조 우리도 있다.

　입구 쪽으로는 악어들이 종류별로 갇혀 있는 우리들이 있다.

　각 우리마다 악어의 생김새가 다르다. 악어 종류가 많기도 하다. 꼬리가 뭉툭한 악어, 꼬리가 뾰쪽뾰쪽 갈기가 선 악어, 황금악어, 검은 악어

태국 방콕

158

등등.

저쪽 편으로는 코끼리 쇼가 열리는 광장이 있고, 그 맞은편으로는 또 다른 악어 우리가 있다.

이 우리에는 악어들이 많은데 넓기도 엄청 넓다.

코끼리 쇼는 예전에도 본 적이 있지만, 여기까지 왔으니 보고 가야겠다.

시간을 보니 악어 쇼가 끝나면 이곳으로 이동해 코끼리 쇼를 보면 되는데, 그걸 모르고 동물원을 도느라 시간이 맞지 않는다.

시간을 절약하려면, 악어 쇼 시간에 악어 쇼를 본 후, 바로 코끼리 쇼를 보러 가고, 그 다음에 다른 동물들을 둘러보는 것이 좋다.

코끼리 쇼하는 시간에 맞추어 계단을 올라 관중석에 앉으니 관중은 우리 둘 뿐이다.

정말로 코끼리 쇼를 하려나? 앉아서 기다려 보기로 했다. 그러자 애기를 안은 젊은 부부가 들어온다.

코끼리 쇼 관중은 애기 포함 딱 다섯 명인 셈이다.

이제 코끼리가 조련사와 함께 들어온다. 코끼리 코에 매달려 들어오는 묘기를 선보인다.

그리고는 우리 앞에 앉아서 인사를 시킨다. 인사하는 모습이 큰 덩치에 어울리지 않게 앙증맞다.

그 큰 덩치에 온갖 아양을 떤다.

코로 그림을 그리는 묘기도 보여준다.

그리고는 코끼리를 몰고 와 우리 바로 앞에 앉혀 놓고 사진을 찍게 한다.

24. 나는 제 자리에 있는가?

사뭇뿌라칸 농장의 코끼리 쇼

젊은 부부는 아이를 안고 코끼리 등을 쓰다듬으며 사진을 찍는다.

주내도 코끼리 옆으로 가 사진을 찍는다.

코끼리와 사진을 찍었으니 팁을 주어야 한다.

20 바트씩 두 번 코끼리에게 팁을 준다. 코끼리는 그걸 코로 받아 사육사 주머니에 넣어 준다. 고놈들 참!

물론 젊은 부부들도 코끼리에게 팁을 준다.

관중이 많아야 저들도 수입이 많아질 텐데, 평일이라 우리와 아이를 데리고 온 젊은 부부 뿐이라서 두 번씩 팁을 줬어도 100바트도 안 되는 돈이다.

악어도, 호랑이도, 원숭이도, 하마도, 공작도, 야생닭도, 뱀도, 자라도, 곰도, 타조도, 그리고 코끼리도 여기에 잡혀 와서 고생을 한다.

태국 방콕

불쌍한 것들!

그 어떤 것이든 제 자리에 있어야 제 가치를 발휘할 수 있는 것인 데……. 한마디로 제 자리를 찾지 못하면 불행한 법이다.

사람도 마찬가지이다. 제 자리를 찾아야 제 빛을 발할 수 있는 법이다. 제자리를 찾지 못한 사람은 동물원의 우리에 갇힌 동물들과 다를 게 없는 것이다.

그렇다면 나는 제 자리에 있는가? 저 동물들보다 낫다고 할 수 있겠는가?

생각해 보니 딱히 낫다고도 볼 수 없는 거 같다. 반성한다.

농장 밖으로 나와 삼롱 전철역까지 택시를 탄다.

"200바트 내라!"

올 때 미터기로 97바트 나온 걸 아는데, 200바트는 너무 많다.

"올 때 100바트 줬는데, 너 생각해서 150바트 줄께."

"오케이."

가면서 주유소의 기름값을 보니, 휘발유 값은 리터당 28-30바트이다. 우리 돈 1.000원 정도 되는 셈이다.

금연 구역 흡연 시 벌금 2,000바트(70,000원 정도)라고 택시에 적혀 있다.

생각보다 꽤 비싸다.

태국도 이제 국민들을 생각하는 문화국가가 될 모양이다. 흡연자에게 는 좀 안 된 일이겠지만!

24. 나는 제 자리에 있는가?

25. 게 맛이 게 맛이지, 뭐!

2017년 12월 7일(목)

어젠 악어농장으로 행차하여 놀았으니, 오늘은 쉬는 날이다.

여행기를 정리한다.

점심은 몰에서 사온 라면과 돼지고기와 오징어로 때운다. 때우는 것이 아니라 호화로운 밥상이다.

돼지고기는 훈제한 것이고, 오징어는 수산물 코너에서 잘라 파는 것인데, 얼마나 큰 것인지는 모르지만 두께만 1cm 정도 되는 넓적한 것인데, 이를 잘라 커피포트에 삶아 고추장에 찍어 먹는 것이다.

저녁때에는 해산물 식당을 찾아 라 프라우 역 쪽으로 간다. 미리 인터넷으로 뒤져 본 곳이다.

더 쿠킹 크랩의 게 요리

태국 방콕

라 프라우 전철역 근처에 더 쿠킹 크랩(The Cooking Crab)이라는 식당이다.

800바트(약 28,000원)짜리 게 요리를 시킨다.

이곳 돈으로 따지면 매우 비싼 것이긴 하지만, 때로는 이런 것도 먹어 줘야 한다.

새우, 홍합, 조개, 그리고 게 한 마리가 포함된 요리를 들고 와 흰 종이 위에 쏟아 놓고는 케첩으로 둥글게 원을 표시해 놓는다.

조개는 지름이 2cm도 안 되는 것으로 별로 맛이 없다. 역시 우리나라 조개가 최고다. 새우는 껍질을 일일이 까먹기가 귀찮고, 또한 새우 맛이 새우 맛이지 뭐. 홍합은 큼직한 것이 그냥저냥 먹을 만하고.

오늘의 주 요리인 게는 생각보다 작은 것이고, 역시 게 맛이 게 맛이지 뭐! 발라먹기만 귀찮지.

바자르 호텔 방콕의 등

25. 게 맛이 게 맛이지, 뭐!

바자르 호텔 방콕의 등

주내가 게 요리를 좋아하니 갔지 그렇지 않으면 일식 식당으로 갔을 거다.

맥주 한 잔에 안주삼아 저녁을 때운다.

인터넷 평만큼 맛있지도 않고, 비싸기는 하고, 내 입에는 그저 그렇다.

허긴 음식 맛보다 비싼 값에 맛들인 사람들에겐 괜찮을지도 모른다.

세상엔 자연 그대로를 보는 눈보다 돈으로 그 값어치를 따지는 눈이 더 많다. 어찌어찌 경제 생활을 하다 보니, 돈으로 매겨진 값어치를 맹목적으로 숭상하는 것이다.

여기에 길들여진 사람들은 음식도 비싸야 맛있다고 생각한다.

돈이 신(神)인 세상이니 이들을 나무랄 필요는 없다. 다만, 맛도 없고 비싸기만 한 것을 맛있을 거라고 지레 짐작하며 침만 흘리는 분들이 그저 안 됐을 따름이다.

태국 방콕

이제 저녁을 먹었겠다. 그 근처를 돌아보기로 했다.

야시장이 있다는 지도의 정보를 따라 야시장 구경을 하러 간다.

죽 내려가니 그 밑으로 바자르 호텔 방콕(Bazar Hotel Bankok)이라는 이름의 호텔이 나온다.

고층 빌딩의 호텔인데, 안으로 들어가 보니 단체 관광객을 주로 받는 듯하다.

호텔 입구 수족관에는 이름 모를 큰 고기가 있다.

그 앞길 쪽으로는 야시장이 늘어서 있지만 평일이라서 그런지 손님들은 거의 눈에 띄지 않는다.

다만 호텔에서 설치해 놓은 등이 화려하고 시선을 끈다.

야시장을 둘러보던 중, 과일의 여왕이라는 두리안을 파는 곳이 있다.

두리안은 비싸다.

몇 쪽을 사서 그 앞에 앉아 먹는다.

약간 쿠린내가 나는데, 입에 넣으면 버터처럼 미끌미끌하며 살살 녹는다. 그래서 과일의 여왕인가?

입안에는 냄새감각이 없고 맛감각만 있으니 구린내는 거의 안 나고 맛있는 것만 느껴지는 것이다.

야시장과 야경은 크게 볼만한 건 없다.

집으로 돌아온다.

25. 게 맛이 게 맛이지, 뭐!

26. 좋은 그림을 사지 않는 이유

2017년 12월 9일(토)

오늘은 농카이로 가는 날이다.

주내가 기침이 심하다.

아침 일찍 짐을 꾸려 호텔에 맡겨 놓고 10시 반쯤 집을 나와 라 프라우에서 캄펭 펫(Kamphaeng Phet) 역으로 간다.

라 프라우에서 얼마 안 되기 때문에 노인은 11바트이다. 여긴 자투작 주말 시장(Jatujak Weekend Market)이 열리는 곳이다.

이 역에서부터 자투작 파크(Jatujak Park) 전철역까지가 모두 시장이다.

시장은 매우 큰데 결코 싸지는 않은 듯하다. 그래도 사람들은 바글바글하다.

주로 옷가게, 가방 가게, 기념품 가게 등이 많지만, 식당도 있고, 저쪽 끄트머리에는 화랑도 있다.

이거저거 구경하는 것은 좋다.

그렇지만 주내와는 취향이 다르니, 가게 앞에 머무는 시간도 다르고 그 시간이 아깝다.

기다리는 것도 갑갑하지만 잘못하다간 잃어버릴 수 있다.

12시에 캄펭 펫 역 앞에서 만나 점심을 먹기로 하고 각자 헤어져 구경하기로 했다.

함께 즐기지 못하는 것이 흠이긴 하지만, 이게 훨씬 더 효율적이긴 하다.

태국 방콕

자투작 주말 시장: 화랑

난 옷이나 가방이나 기념품 등은 별 관심이 없으니 휙휙 지나가서 시장 끄트머리의 그림 파는 곳에서 이집 저집 들어가 그림들을 감상한다.

그 중에는 맘에 드는 그림들도 있다.

그러나 그런 걸 사 본 적도 없고, 산다고 해도 들고 돌아다닐 일이 걱정이어서 눈으로만 감상한다.

돈이 없어 안 산다는 것도 말이 조금 되긴 된다.

그렇지만 그보다는, '좋은 건 내가 소유해선 안 된다.'는 철학이 바탕에 깔려 있기 때문이다. 좋은 것일수록 많은 사람과 공유해야 하기 때문이다. 나만 좋은 걸 본다는 생각 자체가 잘못된 일 아닐까?

그래서 난 책이나 그림, 조각, 음악 등의 저작물에 대한 권리는 최소화해야 한다고 생각하는 사람이다.

26. 좋은 그림을 사지 않는 이유

그 사람의 창의적인 생각이나 그러한 예술품이나 작품을 만들어 내는 데 든 시간과 노력은 물론 보상을 받아야 하지만, 너무 배타적인 권리를 주어선 안 된다.

그러니 어느 정도 보상이 되고 나면, 복사도 허용하고, 짝퉁도 허용해 주어야 한다고 생각한다.

그래야 만인이 좋은 것을 볼 수 있고, 느낄 수 있고, 즐길 수 있을 것 아닌가?

내가 저 그림을 사 가 버리면 다른 사람들은 즐길 수 없을 것 아닌가?

이런 고상한 생각으로 난 보기만 하지 사지는 않는다.

그렇지만 값을 물어보지도 않는 것은 화상에 대한 예의도 아닌 것 같

자투작 주말시장: 화랑

태국 방콕

자투작 주말시장

아 값을 물어보니 생각보다 그렇게 비싼 것도 아니다.

사실 좋은 건 값이 나가지 않는 법이다. 물이나 공기처럼!

좋은 그림이나 조각, 노래 등은 그것이 좋으면 좋은 것일수록 공공이 소유하도록 하여 많은 사람들이 즐길 수 있게 해주어야 한다. 예컨대, 좋은 작품들은 정부가 사 가지고 음악관, 미술관. 박물관 등에서 만인이 즐길 수 있도록 해야 한다.

돈 많은 사람들이 그걸 소유하고, 또 다른 돈 많은 사람들만 불러 모아 놓고 그 앞에서 "이런 비싼 걸 내가 가지고 있네." 하면서 자랑하는 천박함을 나는 좋아하지 않는다.

나는 소더비 경매를 별로 좋아하지 않는다. 부르는 게 값인 것 같고, 돈 많은 부자들의 천박함을 보여주는 장소라는 생각 때문이다.

26. 좋은 그림을 사지 않는 이유

　물론 개중에는 비싸고 좋은 물건을 사 가지고, 전시관에 무료로 상설 전시하여 일반 사람들이 즐길 수 있게 해주는 훌륭한 돈 많은 사람들도 있을 것이다. 이런 사람이 참 훌륭한 사람이다.

　내가 돈이 많다면 이렇게 할 텐데……. 왜 하느님은 나에게 많은 돈을 안 주시나?

　처음엔 이런 생각도 했으나, 하느님은 나에게 돈보다도 그런 걸 만들 수 있는 재능을 주셨다는 것을 나중에 깨달았다.

　그래서 이런 책도 쓰는 것이다.

　부지런히 되돌아 나와 역 근처 약속 장소에서 주내를 만난다.

　그리곤 에어컨 나오는 식당을 물어물어 찾아간다.

　물론 찾아가는 동안에도　수많은 옷가게, 기념품 가게 식당들을 거쳐 가며 구경한다.

　드디어　찾았다.

　볶음밥　120바

자투작 주말시장: 볶음밥

자투작 주말시장: 해산물 국수

태국 방콕

트, 해산물 국수 200바트, 맥주 작은 거 110바트, 물 25바트, 서비스 차
지 45.50바트, 합이 500.50바트(18,000원 정도)를 들여 점심을 먹는다.

주문할 때 어디서 왔는가를 물어보더니, 가져다 주는 볶음밥과 국수
위에는 소형 태극기를 꽂아 가져다준다. 장사꾼의 센스가 돋보인다.

난 이번 여행하는 동안 식사는 주로 볶음밥이다. 우리 입맛에 가장 무
난한 것이기 때문이다.

물론 새로운 것을 먹어볼 수도 있으련만 선뜻 손이 가지 않아서이기
도 하다.

점심 식사 후에는 주내와 함께 시장을 훑는다.

주내는 목걸이를 99바트(3,500원)에 깎아 두 개를 사고, 등에 매는
작은 가방을 200바트(약 7,000원)에 산다. 코끼리 그림이 그려져 있는 귀
여운 백팩이다.

나는 남방을 250바트 주고 산다.

그리고는 호텔로 되돌아와 잠시 쉰다.

오늘 저녁 차니까 아직 시간이 많다.

26. 좋은 그림을 사지 않는 이유

27. 1등 칸이 좋기는 좋다.

2017년 12월 9일(토)

이제 호텔에서 월남뽕 역으로 출발한다.

호텔에서도 주말만 아니면 좀 편의를 봐 줄 텐데, 주말이라서 방이 없으니 뒤에 오는 사람들을 위해 이제 방을 비워 줘야 한다.

물론 로비에 앉아 시간을 보낼 수는 있으나, 일찌감치 월남뽕 역에서 쉬는 것이 낫다는 생각이다.

더욱이 주내는 전철이 복잡해질까 봐 안달이니 일찌감치 전철이 붐비지 않을 때 월남뽕 역으로 가자.

월남뽕 역에 도착하니 3시 반이다.

역사 안으로 들어가니 시원하다. 일단 역사의 빈 의자에 앉는다. 이제 여기서 네 시간을 기다려야 한다.

이 시간을 어이 보내야 현명하게 보냈다고 소문이 날까? 짐을 맡기고 돌아다닐까, 마사지 숍에서 마사지를 받을까?

일단 역사 주위를 돌아본다. 짐 맡기는 곳도 있고, 마사지 숍도 있고, 슈퍼마켓도 있다.

슈퍼마켓에선 약도 판다. 일단 기침약을 산다. 45바트(약 1,600원 정도)밖에 안 된다. 약값도 싸다.

그러나 식사를 하고 약을 먹여야 한다.

짐을 맡기는 건 큰 가방이 60바트, 작은 가방이 크기에 따라 각각 40바트, 20 바트인데, 주내가 몸이 안 좋아 움직이질 않으려 하니 굳이 짐을 맡길 필요가 없다. 마사지도 싫단다.

태국 방콕

172

결국 혼자서 역사를 빠져나와 역 주변을 시찰한다.

허름하고, 낡은 집들이 즐비한 완전 빈민가이다.

그 가운데 역 뒤편에 있는 왓 두앙 캇(Wat Duang Khat)만 번듯하다. 주변은 허름하고 낡았는데, 절은 비교적 작지만 화려하다.

이쪽으로는 별로 볼 것이 없다.

역사로 오는 동안 식사할 곳을 찾아본다.

월남뽕 MRT 정류장 앞 노점에서는 불고기 꼬치가 지글거리며 맛있는 냄새를 풍기고 사람들이 바글바글하다.

그렇지만 깔끔한 주내가 저런 걸 먹을지 모르겠다. 분명 고개를 내저을 것이다.

월남뽕 역 앞 식당들

27. 1등 칸이 좋기는 좋다.

월남뽕 역 야경

다시 역으로 돌아온다.

역 안의 슈퍼마켓에서는 냉장고에 넣어 놓은 볶음밥만 판다. 물론 저걸 사면 전자레인지에 데워 줄 것이다.

밖으로 다시 나가 세븐 일레븐에서 까만 쌀밥을 두 개 사서 데워 달라 하여 들고 돌아온다.

주내는 파인애플과 망고를 사 온다. 과일을 먹고 밥은 김에 싸서 먹는다.

그리고는 약을 먹는다.

아프면 안 되는디……

그럭저럭 시간은 흘러 6시 반이 넘었다.

태국 방콕

농카이 가는 기차

쓰레기를 버리러 가서 우리가 탈 기차를 확인해보니 3번 선로에 있다.

이왕 확인하는 김에 우리가 타야 할 13호차가 어디에 있나 찾아보니 제일 뒤 칸이다.

1등석으로만 이루어진 칸이다.

이왕 온 김에 한 번 올라가 보자.

13호 차는 방마다 칸막이로 막혀 있고, 방 안에는 아래 위에 침대가 있고, 그 앞에 세면대가 있다.

방 두 개는 가족이 가거나 일행이 네 명인 경우 칸막이 사이에 문을 달아 틀 수 있도록 해 놓았다.

13호 차와 이어진 칸은 물론 12호 차인데, 2등 칸이다.

27. 1등 칸이 좋기는 좋다.

들여다보니 1등 칸처럼 독립된 방이 아니라서 칸막이는 없고 가운데 통로가 뚫려 있다. 양 쪽으로는 위 침대는 들려 있고, 아래에는 두 사람이 마주 보고 앉을 수 있도록 되어 있다. 물론 이것도 펴내면 침대가 된다.

2등 칸이나 1등 칸이나 차는 정말 깨끗하다. 2등 칸도 괜찮지만, 1등 칸이 좋기는 좋다.

휘둘러보니 벌써 몇 사람들이 앉아 있다.

밖으로 나오면서 역무원에게 지금 올라타도 되는가 물어보니 7시에 타라고 한다.

벌써 거의 7시가 다 되어 간다.

농카이 가는 기차: 2등 칸

태국 방콕

이왕 앉아 있으려면 대합실보다는 기차 안이 나을 듯하여 주내를 불러 차에 올라탄다.

돈이 들어서 그렇지 1등 칸이 좋긴 하다. 아늑하고, 인터넷도 되고, 손 씻는 세면대도 있다.

화장실을 가보니 정말 깨끗하다. 그 옆으로는 샤워실도 있다.

승무원이 시트를 들고 와 침대에 깔아 주고 담요도 준다. 물도 두 병 주고.

이럴 줄 알았으면 물은 안 사 와도 되는 건데……

역시 정보가 돈이다.

이를 닦고 자리에 누워 인터넷을 한다.

농카이 가는 기차: 1등 칸

27. 1등 칸이 좋기는 좋다.

농카이 가는 기차. 1등 칸 복도

주내는 이층으로 올라가 눕는다.

기차는 쉽 없이 달리고, 침대는 흔들흔들 요람처럼 움직이지만, 쉽게 잠이 들지 못 한다.

에어컨이 너무 세어 고생했다는 글을 인터넷에서 본지라, 겨울옷을 꺼내 입는다. 에어컨 나오는 구멍은 최대한 막아 놓는다.

다행히 밤새 춥지는 않았다.

태국 방콕

28. 인터넷 예약이 더 비싸다?

2017년 12월 10일(일)

어느 덧 6시가 되어 얼람이 울린다.

일어나 화장실로 가 세수를 한다. 샤워를 해보려 했으나 어찌 작동을 해야 하는지 몰라 그만둔다.

괜히 옷만 벗었다 입었다 했다.

그렇지만 '괜히'는 아니다. 옷을 벗었다 입었다 하는 것도 운동이니까. 주내 말에 따르면, 입었다 벗었다 하는 것도 할 만한 운동이란다.

요즘 워낙 운동을 안 하고 옷 갈아입는 것두 귀찮아 할 때 들려준 명언이다.

농카이 가는 길의 일출

농카이 가는 길

차창 밖으로는 해가 떠오른다.

승무원이 와서 시트, 담요, 수건 등을 가져가고, 위 침대를 걷어 올려 놓으면서, 10분이면 도착한다고 알려준다.

농카이는 태국 북동부의 국경도시이다. 메콩강 기슭에 있으며, 강을 가로지르는 태국-라오스 우정의 다리가 있다.

이 다리를 건너면 라오스의 옛 수도였던 바로 비엔티안이 있다. 메콩이 국경선인 셈이다.

농카이 역에 내려 툭툭이를 타고 크리스탈 농카이 호텔(Crystal Nongkhai Hotel)로 간다.

100바트(약 3,500원) 달라더니 50바트(약 1,700원)로 낙착되었다. 시

크리스탈 농카이 호텔

골인줄 알았는데, 도로가 6차선으로 꽤 넓다.

　호텔에 오니 빈방이 없단다.

　매니저와 이야기하는 도중에 체크아웃하는 손님이 있어 식당에서 커피 마시며 1시간만 기다리라 한다. 그러면서

　"얼리 체크인이니 200바트(약 7,000원) 더 내야 한다."고 한다.

　기분이 좀 나빠지려 한다.

　"너희가 보낸 답장에 빈방이 있으면, 얼리 체크인 해준다고 하지 않았느냐?"고 따지니,

　"그럼 됐다."고 한다.

　무슨 이런 호텔이 있나? 배가 나와도 한참 나왔군! 얼리 체크인할 때,

28. 인터넷 예약이 더 비싸다?

200바트 더 내라면 짐만 맡겨 놓고 돌아다니다 이따 오후에 체크인하지 미쳤나?

여권을 주니,

"850바트(약 30,000원)입니다."

"여기 프런트엔 스탠다드 750바트(약 26,000원), 수피어리어 룸 820바트(약   28,000원)라고

적혀 있는데, 스탠다드 트윈 룸이라며 왜 850 바트를 내라는고?"

"네가 850에 예약 을 했으니까."

참으로 명쾌한 대답 이다.

"미리 예약하면 더 싸게 주는 게 보통인 데, 예약 손님이 비싸 다니 말이 되냐?"

"부킹   닷컴에서 850에 예약했으니 850 내야 한다."

아마도 수수료 때문 에 그러는 모양이다.

"알았어. 나갈 때

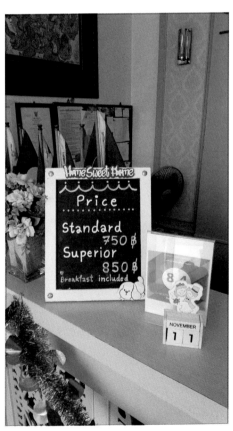

크리스탈 농카이 호텔 방값

태국 농카이

줄께."

그렇지만 기분은 별로다.

호텔 외관은 깨끗하고 멀쩡한데, 매니저의 태도는 영 맘에 안 든다.

겉이 좋다고 다 속이 좋은 건 아니다. 건물만 좋다고 서비스가 반드시 좋은 건 아니다.

나중에 부킹 닷컴에서 후기 쓸 때 그대로 쓸 거다. 그리고 부킹 닷컴에 정식으로 항의해야겠다고 굳게굳게 다짐한다.

방으로 들어와 인터넷 연결 후, 이 선생으로부터 연락이 왔다. 방금 아스완 호텔에 체크인 했다고.

호텔 직원에게 아스완 호텔을 물어보니 걸어서 5분 거리라 한다.

즉시 걸어서 아스완 호텔로 간다.

조금 걸어가니 오른쪽으로 대형 슈퍼마켓이 나오고 왼쪽으로 쇼핑 몰이 나온다.

아스완 호텔은 쇼핑몰과 연결된 그 뒤쪽에 있다.

"미스터 리가 금방 체크인 했는데, 몇 호실인가?"

"419호실입니다."

그러면서 전화를 해준다.

419호실로 올라간다.

너무 반갑다. 며칠 안 보았다고 이리 반가울 수가!

잠시 이야기를 나눈다.

이 선생 부부는 치앙마이에서 밤 버스를 타고 왔다 한다.

이 선생 부부의 치앙마이, 치앙라이 무용담을 듣다가 전화로 연락하기로 하고 일어선다.

28. 인터넷 예약이 더 비싸다?

이 호텔은 크리스탈 농카이보다 더 큰 대형 호텔인데, 주변엔 먹을 데도 많고 이마트 같은 대형 슈퍼마켓도 있고 모든 게 편리하다. 위치가 더 좋은 거다. 게다가 호텔비도 크리스탈 농카이보다 2~3천원이 더 싸다.

인터넷에서 좋은 호텔로 평이 나 있지만, 난 크리스탈 농카이 호텔을 권하고 싶지 않다. 여기 아스완 호텔이 훨씬 낫다.

농카이에 오시는 분들께는 이 호텔을 권하고 싶다.

다시 크리스탈 농카이 호텔로 돌아와 조금 쉰 다음 인터넷으로 이시우 씨와 통화한다.

오후 2시에 만나 툭툭이를 타고 농카이를 관광하기로 결정했다.

태국 농카이

29. 서늘하긴 하겠다. 좀 떨려서 그렇지.

점심을 먹은 후, 아스완 호텔로 가 이 선생 부부를 만난다.

툭툭이를 타고 오후에 네 개의 사원을 보러 간다. 흥정의 명수, 초롱 씨가 400바트(약 14,000원)에 흥정한 툭툭이이다.

여기엔 택시가 잘 안 보인다. 길은 넓고 좋은데!

툭툭이를 타고 처음 간 곳은 1978년부터 조성하기 시작한 살라 깨우 쿠(Sala Kaew Ku)라는 절인데, 부처와 뱀, 그리고 동물들이 조각되어 있는 조각 공원 같은 절이다.

이 절은 힌두교와 불교의 신화, 예컨대, 인도와 동남아 지역의 대표적인 서사시인 라마야나의 내용을 조각으로 구현하고 있는 곳이라 한다.

입장료는 외국인 20바트(700원)인데, 그냥 들어갔더니 표를 달라고 하다가 그냥 '오케이' 한다.

왜 그럴까?

야들이 사람을 알아보는구나!

그게 아니다. 우리 앞에 중국 관광객 단체 손님이 들어갔는데 아마 이들 일행으로 착각한 것이지.

겨우 700원밖에 안 되는 작은 돈이지만, 왜 이리 기분이 좋을까?

기분은 만 원 어치보다 더 좋은 듯하다. 참내!

사원 안의 조각들은 인간의 상상력이 총동원된 듯한 느낌이다. 정말 볼 만하다.

이들 가운데 몇 개를 소개하면 다음과 같다.

29. 서늘하긴 하겠다. 좀 떨려서 그렇지.

우선 절 안으로 들어가면 눈에 띄는 것이 큰 부처님이다. 벽돌을 쌓아 만들었는데, 얼굴 부분은 회벽을 발랐고, 나머지 부분은 아직 회분을 바르지 않은 듯하다.

여기에 있는 모든 조각들은 벽돌과 철사 등을 사용하여 만들고 회분을 바른 것이다. 곧, 얼굴, 몸체, 팔 등 대부분은 벽돌을 쌓아 만

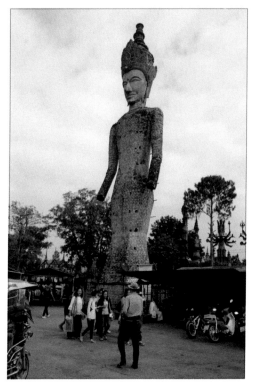

농카이: 살라 께우 쿠

들고 혀라든가 팔의 일부분은 철사 같은 것을 이용하여 붙들어 매는 방식으로 만들었음을 알 수 있다.

그렇지만 이 부처님은 가분수이다. 머리도 크고 그보다 머리 위에 쓴 모자가 더 크다. 미적 감각은 별로다.

그렇지만 이걸 보고 아름답다고 느끼시는 분도 있을지 모르겠다. 사람은 다 다르므로.

이 조각을 돌아가면 우릴 맞이하는 코끼리 조각이 있고, 좌대에 앉은

태국 농카이

부처님들 조각들도 있고, 나무들 사이로 부처님 얼굴만 보이기도 하고, 이 상한 형태의 건물도 있다.

이 코끼리 조각은 알고 보면 우릴 마중하러 나온 게 아니다. 무엇인가 의미하는 바가 있을 텐데…….

맨 앞에 설명을 해 놓았으나, 태국 글자를 모르니 읽을 줄도 모르고, 그러니 그 내용을 알 길이 없다.

다만 조각들을 보고 그 이야기를 유추해 보려니 조각들을 유심히 볼 수밖에 없다.

이 코끼리 앞뒤로는 수많은 개들이 짖어 대는 조각들이 뒤따른다. 어떤 놈들은 두 발로 일어서서 따라가며 짖고 있고, 어떤 놈들은 앞이나 옆에서 네 다리로 버티고 서서 짖고 있고, 어떤 놈들은 코끼리 뒤를 따라가

농카이: 살라 께우 쿠

29. 서늘하긴 하겠다. 좀 떨려서 그렇지.

며 짖고 있는 조각
들이다.

　일어서서 코끼리
뒤를 따라 걸어가며
짖어대는 모양의 개
들 한 가운데 달려
있는 거시기가 볼
만하다.

　그러나 코끼리는
묵중하게 꿋꿋한 자
세를 변치 않고 앞
으로 나아가는 듯하
다.

　태국 글은 모르
지만, 추정컨대, '너
의 길을 묵묵히 가

농카이: 살라 께우 쿠

라!'는 교훈을 주려는 건 아닐까?

　개 같은 것들이 아무리 짖어 대도, 개일 뿐이지! 그냥 '짖어라, 짖어
봐야 개 소리일 뿐이다. 아무리 그래도 나는 나의 길을 가련다.'라는!

　왼편으로 가면 우리 눈을 끄는 커다란 조각이 있다.

　뱀[Naga 나개이 또아리를 틀고 있는데, 그 똬리 위에 부처님이 앉아
명상을 하고 계시고, 부처님 머리 위에는 7개의 뱀 대가리가 부채처럼 펴
있어 부처님을 햇빛과 비로부터 보호하고 있음을 보여주는 거대한 조각이

태국 농카이

다.

부처님은 부처님이시다.

머리 위에는 7개의 뱀 대가리가 부챗살처럼 펼쳐 있고, 갈라진 혓바닥은 낼름거리는데, 똬리를 튼 뱀 몸뚱이 위에 태연히 앉아 명상에 잠기시다니!

'허긴 더운 이 나라에서 서늘하긴 하겠다. 가슴이 떨려서 그렇지.' 이건 우리 생각이고, 부처님은 평정심을 잃지 않으신다.

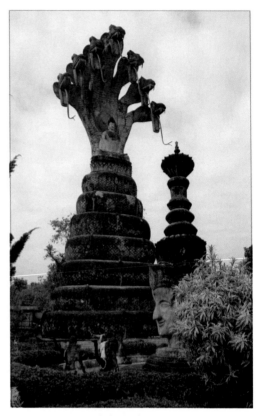

농카이: 살라 께우 쿠

여기서 '명상을 하려면 이 부처님처럼 해야 한다.'는 교훈을 얻는다. 참으로 본받을 만한 조각이다.

29. 서늘하긴 하겠다. 좀 떨려서 그렇지.

30. 죄 짓고 살면 안 되는 겨.

2017년 12월 10일(일)

그 옆으로 더 전진하면 열 개의 팔을 날개처럼 펼치고 손에는 각각 다른 무기를 든 부처님이 서서 우리를 내려다보신다.

그렇지만 별로 무섭지는 않다. 내가 그 동안 지은 죄가 별로 없어서 그런 모양이다. 그래서 사람은 죄짓고 살면 안 되는 거다.

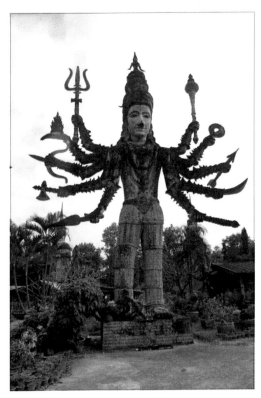

농카이: 살라 깨우 쿠

이 부처님도 가분수다. 여긴 가분수가 유행인 모양이다.

아마 이걸 조각한 조각가가 가분수인가?

이걸 조각한 분은 루앙 부 분르아 쑤리랏(Luang Pu Bunleua Surirat: 존엄한 할아버지라는 뜻)이라는 분인데 이 분의 일생은 다음과 같다.

이 분은 태국에

태국 농카이

190

농카이: 살라 깨우 쿠

서 태어나 베트남의 힌두 구루(Guru: 산스크리트어로 '스승'을 뜻하는 말. 힌
두교의 선각자나 인도자: 힌두 계통의 스님이나 목사 같은 사람)에게 사사한 뒤
라오스에서 살며, 비엔티안 교외에 부다 파크(Buddha Park)를 만들었는
데, 라오스가 공산화 되자 태국으로 돌아와 이곳에 살라 깨우 쿠(Sala
Kaew Ku)라는 조각공원을 만들었다.

이 분은 인기가 있어 많은 사람들이 따랐으나, 이를 시기한 일부 주민
들이 국왕모독죄로 고발함에 따라 9개월간 감옥 생활을 했으며, 이를 계
기로 건강이 급격히 악화되어 석방 후 1년 만인 1996년 72세의 나이로
생을 마감했다고 한다.

작품들 자체는 힌두와 불교 신화에서 따 왔는데, 표현 방식이 재미있
다. 일부러 그랬는지는 알 수 없지만, 미적 감각보다는 아이들이 좋아할
만한 소재에 아이들이 만든 것 같은 천진함이 묻어 있다.

30. 죄 짓고 살면 안 되는 겨.

그러니 가분수니, 균형미가 없느니 이런 말로 시비하지 말고 이 분의 어린 마음을 엿보는 것이 감상의 비법이다. 곧, 미적인 균형보다는 동심의 세계로 돌아간 듯한 느낌을 받으면 잘 감상한 것이리라.

조금 더 가면 나무들 사이에 얌전히 서 계신 부처님들과 좌대에 앉아 계신 부처님들, 설법을 하는 부처님들을 만날 수 있다. 또 다른 쪽에는 하나의 큰 부처님 뒤에 기타를 치고 있는 부처님, 그리고 그 옆으로는 앉아서 서로 이야기하는 듯한 부처님들, 그리고 그 뒤에 서 있는 부처님 등이 있다. 물론 조각이다. 부처님이 많기도 하다!

또 어떤 것은 부처님은 가만히 서 계시는데, 그 앞에서 칼을 뽑아 들고 방패를 들고 서로 장난치고 있는 조각도 있다.

물론 그 밑에는 설명이 붙어 있지만, 우린 조각만 감상한다.

그렇지만, 무엇보다도 삶의 궤적을 보여주는 조각이 볼 만하다.

농카이: 살라 께우 쿠

태국 농카이

농카이: 살라 께우 쿠

농카이: 살라 께우 쿠

30. 죄 짓고 살면 안 되는 겨.

아래를 내려다보는 눈동자와 아래위로 이빨이 보이는 커다란 입을 벌리고 있는 얼굴 조각이 있고, 그 입으로 사람들이 들어간다.

이 입이 생의 입구인 셈이다.

고 안으로 허리를 구부려 들어가면, 동서남북 네 곳을 바라보는 네 개의 얼굴과, 그 위에는 해골들과 사람 얼굴들이 빙 둘러 있고, 얼굴 밑에는 여덟 개의 팔이 쭉 뻗어 나와 있다.

그 주변으로는 불상들과 보살상 들이 담처럼 둘러싸고 있으며, 이들 사이에 왼쪽으로 돌아가면서 소년 소녀가 손을 잡고 있는 조각부터 시작하여, 어른이 된 남녀, 그리고 늙은 후의 모습과 죽어서 해골이 되어 부부가 서로 붙잡고 앉아 있는 조각 등이 배치되어 있다.

생노병사의 과정을 보여주는 것이다.

농카이: 살라 깨우 쿠

태국 농카이

31. 신들의 자가용

2017년 12월 10일(일)

인생의 전 과정을 감상하고 난 후, 그 옆으로 더 나아가면, 앉아 계신 부처님의 어깨를 타고 올라가 부처님 머리 뒤에서 다섯 개의 대가리를 부챗살처럼 쫘악 펴고 부처님 햇빛 가리개를 하고 있는 뱀 조각도 있다.

뱀과 동고동락하는 부처님이 주제인가? 아님, 무서운 뱀이 몸뚱이를 휘감고 올라가도 끄떡없는 부처님의 정진하는 자세를 배우라는 것이 주제인가?

뱀이 많은 나라이니 뱀이 많이 등장하는 것은 이상할 것 없다.

한편 그 옆으로는 힌두신화에 나오는 가네샤 신의 조각이 있다.

농카이: 살라 께우 쿠

가네샤 신은 팔이 네 개이고 코끼리 얼굴을 한 신인데, 지혜와 재산과 행운을 가져다 준다는 신이다.

이 조각에선 부처님 얼굴에 코끼리 코를 접붙여 놓았다. 마치 부처님이 가네샤 신으로 분장한 듯하다.

가네샤는 쥐를 자가용으로 삼아 타고 다닌다고 알려져 있는데, 여기에선 이를 나타내기 위해 자가용 쥐 위에 앉아 있는 가네샤 신을 조각해 놓았다.

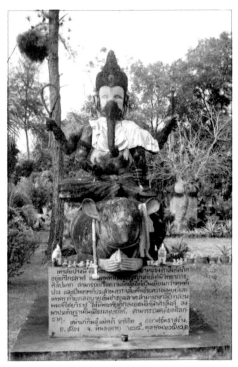

살라 깨우 쿠: 가네샤

가네샤 신이 코끼리 얼굴을 가지게 된 사연은 다음과 같다.

가네샤 신은 시바 신과 파르바티 여신 사이에서 태어난 아들인데, 가네샤는 어머니 파르바티가 목욕할 때 그 앞을 지키고 있었다. 아무도 못 들어가게!

그런데 아버지 시바가 나타나자, 고지식한 가네샤는 아버지 시바를 가로 막고 들어가지 못하게 했다고 한다.

태국 농카이

"비켜."

"안 됩니다."

"비켜!"

"안 되~ 윽!

웬 대화가 이러냐구? 화가 난 시바가 칼을 뽑아 가네샤의 머리를 베어 버렸기 때문이지.

원, 성질두!

그러니 엄마인 파르바티가 얼마나 슬펐겠는가?

남편에게 앙알앙알거리며 눈물을 훔치며,

"살려내!, 내 아들, 내 아들!"

그러자 시바는 파르파티를 달래주기 위해 지나가던 코끼리 머리를 베

살라 께우 쿠: 육감적인 여신상

31. 신들의 자가용

살라 께우 쿠: 비슈누와 가루다

어 가네샤 몸통에 붙여 주었다고 한다.

이 이외에도 누워 있는 부처님도 있고, 배꼽 아래는 뱀이지만 산체는 매우 육감적인 몸매를 자랑하는 여신도 있다.

정말 볼 건 많다.

저쪽 편에는 새 위에 앉아 있는 인물의 조각상이 있다.

공작새를 탄 부처님이신가?

무식하긴! 이 새는 공작새가 아니고, 가루다라는 신령한 새여. 그리구 그 위에 계신 분도 부처님이 아니여!

그럼 뉘셔?

가루다를 타고 앉아 계신 인물은 우주의 신 비슈누인 듯하다. 가루다를 자가용으로 삼는 이가 비슈누 신이기 때문이다.

태국 농카이

전설에 따르면, 비슈누 신이 생각만 해도 가루다가 달려 왔다고 한다.

이곳에서 볼 만한 또 다른 조각상은 큰 눈을 가지고 엎드려 있는 커다란 머리를 가진 원숭이 닮은 괴물 조각이다. 등 뒤는 뱀인데 꼬리가 길게 뻗어 있다.

자세히 보면 그 큰 머리의 아랫부분에 팔로 사람의 머리를 양쪽에서 붙잡고 윗입술과 이빨로 갊아 먹고 있는 것이 보인다.

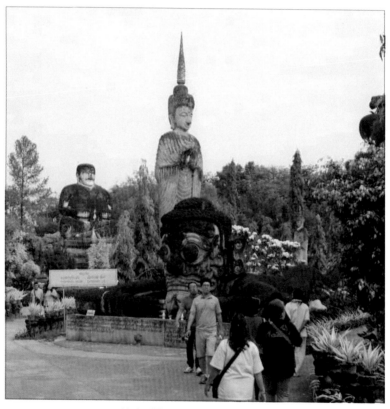

살라 께우 쿠: 원숭이 닮은 괴물

31. 신들의 자가용

살라 깨우 쿠: 법당

뭔가 잘못하여 엎드려 있는 것이 아니다. 식사 중인 자세다.

여기 저기 둘러보고 법당으로 간다.

법당은 현대식 건물 삼층으로 되어 있는데, 법당 주변으로는 이상하게 동글동글한 호박들을 쌓아 올려 논 듯한 구조물들이 둘러싸고 있다.

분명 솟대는 아니고, 탑들인 듯한데⋯⋯. 하두 많아서 몇 개인지는 못 세어 봤다.

법당 앞에는 둥근 모자를 쓴 듯한 이상한 형태의 정자가 있다.

법당 안에는 물론 가운데에 부처님들이 있고, 주변에는 이상한 형태의 탑 비슷한 것들이 있다.

물론 신도들이 그 앞에 앉아 기도하고 있다.

태국 농카이

32. 이러다가 갑자기 어느 순간에 성불하겠다.

2017년 12월 10일(일)

살라 깨우 쿠(Sala Kaew Ku)를 나와 또 다른 절로 간다.

왓 포 차이(Wat Pho Chai)라는 절인데, 종각이 볼만하고, 법당 안이 무척이나 화려하다.

종각은 3층 누각으로 세워져 있는데, 맨 위 칸에 종이 있다.

왓 포 차이: 종각

법당 안은 부처님을 모셔 놓은 곳을 오목하게 만들어 놓고, 천정에는 샹들리에가 달려 있고, 그 벽 주위는 모두 부처님을 주인공으로 하는 총천연색 벽화가 그려져 있고 매우 화려하다.

밖으로 나오면 많은 사람들이 꽃을 바치고, 향을 피우며 절을 하는 모습을 볼 수 있는 툭 터진 별전이 있다.

왓 포 차이: 본당

한편 본당 맞은편에는 흰 색의 탑이 서 있고, 그 너머로는 불상들을 파는 매장이 들어 있다.

이제 메콩 강변으로 나가 강바람을 쐴 차례다.

메콩 강변: 나가

강변에는 널찍하게 광장이 조성되어 있고, 황금빛 머리와 녹색의 몸뚱이가 어울리는 나가 두 마리가 마주 보고 있는 동상이 서 있다.

저 강 너머로 라오스가 보인다.

한편 강변 안쪽 림콕 로드(Rimkhog Road) 쪽에는 절이 있고 부처가 있다. 절 이름은 태국어로만 되어 있어 잘 모른다. 조그만 절이다.

길가에 있는 절이라서 조그만 절이고 크게 볼 것은 없다. 다만 길가의 조그만 전각 안에는 부처님과 사리탑을 세워 놓았는데, 부처님과 사리탑에 금종이를 더덕더덕 붙여 놓은 것이 보인다.

불상

마치 부처님이 너덜너덜한 옷을 입고 있는 것처럼 보인다.

'금이라고 다 아름다운 건 아니다.'라는 깨달음을 얻는다.

아무리 금이라도, 그리고 금을 좋아한다고 해도, 저렇게 너덜너덜하게 붙여 놓으면 전혀 아름답지 않은 것이다.

그렇지만 저런 과정을 거치고 거치다 보면 황금빛으로 빛나는 아름다운 옷을 입은 부처가 되지 않을까?

사람들은 현재의 외양만 보고 그것이 모든 것인 양 평가하는 버릇이 있다.

현재가 아니고 미래를 보라! 그리고 결과만 보지 말고 그 과정을 보라!

좋은 거 깨달았다.

이러다가 갑자기 어느 순간에 성불하겠다.

32. 이러다가 어느 순간에 성불하겠다.

저 금딱지를 붙여 놓는 사람의 마음은 헤아릴 수 없으나, 그 소원이 이루어지길 빌며, 이제는 또 다른 절로 간다.

툭툭이 기사는 우리를 중국 절로 데리고 간다.

우리가 중국 사람인줄 착각하고 그러는 건지, 아니면, 중국 절이 지들 절하고는 조금 특이하게 생겨서인지는 확실히 모르겠으나, 아마도 후자인 듯하다.

툭툭이 타기 전 흥정할 때 한국에서 왔다고 이야기한 듯하니 전자는 아닌 듯하다. 물론 이 분이 한국과 중국을 같은 걸루 오해할 수는 있지만.

어찌되었든 중국 절 앞에 우리를 안내한다.

입구 현판에 한자로 본두공마(本頭公媽)라는 현판이 달려 있고, 길거리

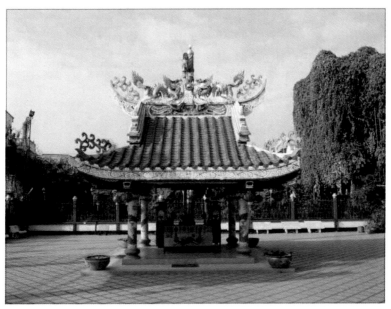

중국 절? 전각

태국 농카이

에도 본두공마 가는 길이 화살표로 표시되어 있으니, 볼 만한 절인 듯 싶기는 한데…….

본두공마라? 무슨 뜻인고? 절 이름치고는 희한하다. 내 생각에는 무슨 사당인 듯하다.

절 안으로 들어가니 오른쪽으로 본당이 있고 마당 한가운데에는 지붕 위에 봉황 두 마리와 용 두 마리를 앉혀 놓은 중국식으로 지은 전각이 있다.

우리 눈에는 별로인디, 지들 눈에는 아마도 저런 건물이 신기한 듯하다.

한편 저쪽 길거리 맞은편은 시장이다.

시장으로 들어간다.

처음 눈에 띄는 곳이 가방 가게이다.

주내가 원하는 여행용 가방이 여기에 있다.

주인은 자꾸 타일랜드제 임을 강조한다. 아마 자기들 생각에는 타일랜드 제품이 품질이 좋다고 생각하기 때문인 듯하다.

한국산이 더 좋은디…….

그렇지만 값은 싸다. 1449바트(약 52,000원)를 초롱이가 1,000바트(약 35,000원)로 깎는다.

이제 툭툭이를 타고 집으로 돌아온다.

집에 돌아와 저녁을 먹으러 이 선생이 묵고 있는 아스완 호텔 근처의 식당을 찾아간다.

내일 라오스로 넘어가야 하니 태국 돈은 오늘 저녁 값만 있으면 될 듯하다. 그렇지만, 남은 태국 돈을 보니 조금 모자란 것 같다.

32. 이러다가 어느 순간에 성불하겠다.

아스완 호텔 쇼핑몰의 ATM기계에서 1,000바트(35,000원)를 찾는다.

그런데, 헉!

수수료가 220바트(약 7,500원)나 붙은 거다.

수수료가 장난 아니다! 수수료가 찾은 돈의 22%나 되다니!

10,000바트 찾을 때도 220바트를 떼어 갔는데…….

이런 도둑놈들! 이럴 줄 알았으면 카드를 쓰는 건데…….

태국 여행하시는 분들, 체크카드로 현지 돈 찾을 때는 절대 소액은 찾지 마시라!

이러 불상사는 예방해야 한다.

가능하면 카드를 그냥 쓰시라. 카드에서 떼어 간 돈은 당시 환율로 금액에 비례하여 수수료를 정확하게 떼어 간다.

문제는 카드를 안 받는 경우에만 현지 돈이 필요한데, 이는 찾을 때 수수료를 확실히 물어보고 얼마나 찾을지를 결정해야 한다.

가방 살 때 초롱 씨가 열심히 깎은 거 졸지에 날아갔다. 에이~. 태국 은행, 나쁜 X들!

나중에 라오스 가서 알았지만, 라오스에선 태국 돈도 받는다. 이런 줄 알았으면 어차피 수수료 220바트 낼 바에야 많이 찾을 걸!

후회해 봐야 강 건너 갔다.

이런 땐 빨리 잊는 게 상책이다. 돈은 내 의지와는 상관없이 저 눔들이 떼어 갔고, 속상해 봐야 나만 손해다.

잘 잊기 위해선 맛있는 걸 먹어야 한다.

이 선생 부부와 만나 같이 식사를 한다.

태국 농카이

33. 라오스로

2017년 12월 11일(월)

프런트에서 라오스로 넘어가는 방법을 물으니, 이민국 사무실로 가 출국 수속을 출국 수속을 밟으면 된다고 한다.

12시에 초롱이네와 툭툭이를 타고 이민국 사무실로 갔으나, 오늘은 공휴일이라 문을 닫았다고 한다.

오늘이 월요일인데?

알고 보니, 헌법 기념 대체 휴일이라고 한다.

숙직 직원이 "왜 왔느냐?"고 묻는다. "라오스로 넘어가려 한다."고 하자 "국경으로 가면 된다."고 한다.

그럼 그렇지, 어쩐지 이상하더라.

애들은 영어를 못 알아듣는다. 호텔리어들도 영어를 모르는 경우가 태반이다. 대충 "예스, 예스"함으로써 그냥 넘어간다.

아까 물어보았을 때에도 지도에 있는 이민국에 표시까지 해주면서 "비자, 비자!"라고 하지 않았던가!

툭툭이 운전수를 보내지 않고 대기하라 하기 다행이다. 숙직 직원이 나와 툭툭이 운전수에게 우리를 국경으로 데려다 주라 한다.

결국 국경으로 이동한다.

출국장에서 출국신고서를 작성하고 20바트인가를 내면 버스 티켓을 준다.

이 버스를 타고 태국-라오스 우정의 다리를 건너 라오스 입국장까지 간다. 한 5분 정도 가든가?

태국 국경: 저 너머 다리를 건너면 라오스

여기부터 라오스다.

입국장에서 입국신고서를 쓰고, 패스 판매처(pay pass)라는 부스에서 입국세를 일인당 50바트씩 내고 패스를 구매하여 그 뒤를 돌아들어 가면, 개찰구 같은 것이 나오고 여기에 카드를 넣고 통과해야 한다.

라오스는 15일간 무비자로 체류할 수 있다.

입국하면 툭툭이 기사들이 달라붙는다. 만약 비엔티안 시내로 이동하는 경우에는 조금 걸어가 14번 버스를 타면 된다.

차비는 5,000킵(약 650원 정도)이다.

우린 툭툭이를 타고 국경 가까이 있는 부다 파크(Buddha Park)를 보고 비엔티안(Vientiane) 시내로 들어가기로 했다.

태국 농카이

국경에서 비엔티안까지는 20km 서북쪽으로 가야 하고, 부다 파크는 동북쪽으로 6km 정도 떨어져 있다.

비엔티안으로 갔다가 부다 파크를 보려면, 다시 이쪽으로 와야 되기 때문에 부다 파크를 보고 비엔티안 시내로 가는 것이 더 낫다고 판단했기 때문이다.

후일담이지만, 부다 파크는 안 봐도 될 뻔했다. 왜냐면 태국 농카이에 있는 살라 께우 쿠(Sala Kaew Ku)와 라오스의 부다 파크는 거의 쌍둥이이기 때문이다.

만든 사람도 루앙 부 분르아 쑤리랏(Luang Pu Bunleua Surirat)이라는 사람으로 같고, 그 안의 조각들도 거의 비슷비슷하다

비슷비슷하긴 하지만, 둘 중의 하나를 본다면, 단연 살라 께우 쿠를 보라고 권하고 싶다. 살라 께우 쿠는 나중에 만들어서 그런지 몰라도 부다 파크의 조각들보다 훨씬 다양하고 낫다고 생각하기 때문이다.

참고로, 부다 파크는 1958년부터 만들기 시작했고, 살라 께우 쿠는 1978년부터 만들기 시작했다.

〈동남아 여행기 3 라오스 편〉으로 이어집니다.

33. 라오스로

책 소개

* 여기 소개하는 책들은 **주문형 도서(pod: publish on demand)**이
므로 시중 서점에는 없습니다. 교보문고나 부크크에 인터넷으로 주문하
시면 4-5일 걸려 배송됩니다.

http//www.kyobobook.co.kr/ 참조.

http://www.bookk.co.kr/ 참조.

여행기(칼라판)

〈일본 여행기 1: 대마도 규슈〉별 거 없다데스! 부크크. 2020. 국판
　　칼라 202쪽. 14,600원 / 전자책 2,000원.

〈일본 여행기 2: 고베 교토 나라 오사카〉별 거 있다데스! 부크크.
　　2020. 국판 칼라 180쪽 / 전자책 2,000원.

〈타이완 일주기 1: 타이베이 타이중 아리산 타이난 가오슝〉자연이 만든
　　보물 1. 부크크. 2020. 국판 칼라 208쪽. 14,900원 / 전자책 2,000원.

〈타이완 일주기 2: 헝춘 컨딩 타이동 화렌 지룽 타이베이〉자연이 만든 보
　　물 2. 부크크. 2020. 국판 칼라 166쪽. 13,200원 / 전자책 1,500원.

〈중국 여행기 1: 북경, 장가계, 상해, 항주〉 크다고 기죽어? 부크크. 2023. 국판 칼라 230쪽. 16,000원 / 전자책 2,000원.

〈중국 여행기 2: 계림, 서안, 화산, 황산, 항주〉 신선이 살던 곳. 부크크. 2023. 국판 칼라 308쪽. 25,700원 / 전자책 2,000원.

〈태국 여행기: 푸켓, 치앙마이, 치앙라이〉 깨달음은 상투의 길이에 비례한다. 부크크. 2023. 국판 칼라 232쪽. 16,100원 / 전자책 2,000원.

〈동남아시아 여행기: 태국 말레이시아〉 우좌! 우좌! 부크크. 2019. 국판 칼라 234쪽. 16,200원 / 전자책 2,000원.

〈동남아 여행기 1: 미얀마〉 벗으라면 벗겠어요. 부크크. 2023. 국판 칼라 320쪽. 26,900원 / 전자책 2,000원.

〈동남아 여행기 2: 태국〉 이러다 성불하겠다. 부크크. 2023. 국판 칼라 228쪽. 15,900원 / 전자책 2,000원.

〈동남아 여행기 3: 라오스, 싱가포르, 조호바루〉 도가니와 족발. 부크크. 2023. 국판 칼라 쪽. 262쪽. 19,200원 / 전자책 2,000원.

〈동남아 여행기 4: 베트남, 캄보디아〉 세상에 이런 곳이!: 하롱베이와 앙코르 와트. 부크크. 2023. 국판 칼라 338쪽. 28,700원 / 전자책 3,000원

〈인도네시아 기행〉 신(神)들의 나라. 부크크. 2023. 국판 칼라 134쪽. 12,100원 / 전자책 2,000원.

〈중앙아시아 여행기 1: 카자흐스탄, 키르기스스탄〉 천산이 품은 그림 1. 부크크. 2020. 국판 칼라 182쪽. 13,800원 / 전자책 2,000원.

〈중앙아시아 여행기 2: 카자흐스탄, 키르기스스탄〉 천산이 품은 그림 2. 부크크. 2020. 국판 칼라 180쪽. 13,700원 / 전자책 2,000원.

〈조지아, 아르메니아 여행기 1〉 코카사스의 보물을 찾아 1. 부크크. 2020. 국판 칼라 쪽. 184쪽. 13,900원 / 전자책 2,000원.

〈조지아, 아르메니아 여행기 2〉 코카사스의 보물을 찾아 2. 부크크. 2020. 국판 칼라 쪽. 182쪽. 13,800원 / 전자책 2,000원.

〈조지아, 아르메니아 여행기 3〉 코카사스의 보물을 찾아 3. 부크크. 2020. 국판 칼라 쪽. 192쪽. 14,200원 / 전자책 2,000원.

〈터키 여행기 1: 이스탄불 편〉 허망을 일깨우고. 부크크. 2021. 국판 칼라 쪽. 250쪽. 17,000원 / 전자책 2,500원.

〈터키 여행기 2: 아나톨리아 반도〉 잊혀버린 세월을 찾아서. 부크크. 2021. 국판 칼라 286쪽. 22,800원 / 전자책 2,500원.

〈시리아 요르단 이집트 기행〉 사막을 경험하면 낙타 코가 된다. 부크크. 2021. 국판 칼라 290쪽. 23,400원 / 전자책 2,500원.

〈마다가스카르 여행기〉 왜 거꾸로 서 있니? 부크크. 2019. 국판 칼라 276쪽. 21,300원 / 전자책 2,500원.

〈러시아 여행기 1부: 아시아〉 시베리아를 횡단하며. 부크크. 2019. 국판 칼라 296쪽. 24,300원 / 전자책 2,500원.

〈러시아 여행기 2부: 모스크바 / 쌩 빼쩨르부르그〉 문화와 예술의 향기. 부크크. 2019. 국판 칼라 264쪽. 19,500원 / 전자책 2,500원.

〈러시아 여행기 3부: 모스크바 / 모스크바 근교〉 동화 속의 아름다움을 꿈꾸며. 부크크. 2019. 국판 칼라 276쪽. 21.300원 / 전자책 2,500원.

〈유럽여행기 1: 서부 유럽 편〉 몇 개국 도셨어요? 부크크. 2020. 국판 칼라 280쪽. 21,900원 / 전자책 3,000원

〈유럽여행기 2: 북부 유럽 편〉 지나가는 것은 무엇이든 추억이 되는 거야. 부크크. 2020. 국판 칼라 280쪽. 21,900원 / 전자책 3,000원.

〈북유럽 여행기: 스웨덴-노르웨이〉 세계에서 제일 아름다운 곳. 부크크. 2019. 국판 칼라 256쪽. 18,300원 / 전자책 2,500원.

〈유럽 여행기: 동구 겨울 여행〉 집착이 삶의 무게라고. 부크크. 2019. 국판 칼라 300쪽. 24,900원 / 전자책 3,000원.

〈포르투갈 스페인 여행기〉 이제는 고생 끝. 하느님께서 짐을 벗겨 주셨노라! 부크크. 2020. 국판 칼라 200쪽. 14,500원 / 전자책 2,500원.

〈미국 여행기 1: 샌프란시스코, 라센, 옐로우스톤, 그랜드 캐년, 데스 밸리, 하와이〉 허! 참, 이상한 나라여! 부크크. 2020. 국판 칼라 328쪽. 27,700원 / 전자책 3,000원.

〈미국 여행기 2: 캘리포니아, 네바다, 유타, 아리조나, 오레곤, 워싱턴〉 보면 볼수록 신기한 나라! 부크크. 2020. 국판 칼라 278쪽. 21,600원 / 전자책 2,500원.

〈미국 여행기 3: 미국 동부, 남부. 중부, 캐나다 오타와 주〉 그리움을 찾아서. 부크크. 2020. 국판 칼라 286쪽. 23,100원 / 전자책 2,500원.

〈멕시코 기행〉 마야를 찾아서. 부크크. 2020. 국판 칼라 298쪽. 24,600원 / 전자책 3,000원.

〈페루 기행〉 잉카를 찾아서. 부크크. 2020. 국판 칼라 250쪽. 217,00원 / 전자책 2,500원.

〈남미 여행기 1: 도미니카 콜롬비아 볼리비아 칠레〉 아름다운 여행. 부크
크. 2020. 국판 칼라 266쪽. 19,800원 / 전자책 2,000원.

〈남미 여행기 2: 아르헨티나 칠레〉 파타고니아와 이과수. 부크크. 2020.
국판 칼라 270쪽. 20,400원 / 전자책 2,000원.

〈남미 여행기 3: 브라질 스페인 그리스〉 순수와 동심의 세계. 부크크.
2020. 국판 칼라 252쪽. 17,700원 / 전자책 2,000원.

우리말 관련 사전 및 에세이

〈우리 뿌리말 사전: 말과 뜻의 가지치기〉. 재개정판. 교보문고 퍼플. 2016.
국배판 양장 916쪽. 61,300원 /전자책 20,000원.

〈우리말의 뿌리를 찾아서 1〉 코리아는 호랑이의 나라. 교보문고 퍼플. 2016.
국판 240쪽. 11,400원 / e퍼플. 2019. 전자책 247쪽. 4,000원.

〈우리말의 뿌리를 찾아서 2〉 아내는 해와 같이 높은 사람. 교보문고 퍼
플. 2016. 국판 234쪽. 11,100원.

〈우리말의 뿌리를 찾아서 3〉 안데스에도 가락국이……. 교보문고 퍼플. 2017. 국판 239쪽. 11,400원.

수필: 삶의 지혜 시리즈

〈삶의 지혜 1〉 근원(根源): 앎과 삶을 위한 에세이. 교보문고 퍼플. 2017. 국판 249쪽. 10,100원.

〈삶의 지혜 2〉 아름다운 세상, 추한 세상 어느 세상에 살고 싶은가요? 교보문고 퍼플. 2017. 국판 251쪽. 10,100원.

〈삶의 지혜 3〉 정치와 정책. 교보문고. 퍼플. 2018. 국판 296쪽. 11,500원.

〈삶의 지혜 4〉 미국의 문화와 생활, 부크크. 2021. 국판 270쪽. 15,600원.

〈삶의 지혜 5〉 세상이 왜 이래? 부크크. 2021. 국판 248쪽. 14,000원.

〈삶의 지혜 6〉 삶의 흔적이 내는 소리, 부크크. 2021. 국판 280쪽. 16,000원.

기타

4차 산업사회와 정부의 역할. 부크크. 2020. 국판 84쪽. 8,200원 / 전자책 2,000원.

사회복지정책론. 송근원. 김태성. 나남 2008. 국판 480쪽. 16,000원.

4차 산업시대에 대비한 사회복지정책학. 교보문고 퍼플 [양장]. 2008. 42,700원.

사회과학자를 위한 아리마 시계열분석. 교보문고 퍼플 2018. 국판 300쪽. 10,100원.

회귀분석과 아리마 시계열분석. 한국학술정보. 2013. 크라운판 188쪽. 14,000원 / 전자책 8,400원.

지은이 소개

- 송근원

- 대전 출생

- 여행을 좋아하며 우리말과 우리 민속에 남다른 애정을 가지고 있음.

- e-mail: gwsong51@gmail.com

- 저서: 세계 각국의 여행기와 수필 및 전문서적이 있음.